NOTICE

SUR

LE MANUSCRIT LATIN 4788 DU VATICAN

CONTENANT

UNE TRADUCTION FRANÇAISE AVEC COMMENTAIRE

PAR MAÎTRE PIERRE DE PARIS

DE LA *CONSOLATIO PHILOSOPHIAE* DE BOÈCE

PAR

M. ANTOINE THOMAS

TIRÉ DES NOTICES ET EXTRAITS DES MANUSCRITS
DE LA BIBLIOTHÈQUE NATIONALE ET AUTRES BIBLIOTHÈQUES
TOME XLI

PARIS
IMPRIMERIE NATIONALE

MDCCCCXVII

NOTICE

SUR

LE MANUSCRIT LATIN 4788 DU VATICAN

CONTENANT

UNE TRADUCTION FRANÇAISE AVEC COMMENTAIRE

PAR MAÎTRE PIERRE DE PARIS

DE LA *CONSOLATIO PHILOSOPHIAE* DE BOÈCE

NOTICE

SUR

LE MANUSCRIT LATIN 4788 DU VATICAN

CONTENANT

UNE TRADUCTION FRANÇAISE AVEC COMMENTAIRE

PAR MAÎTRE PIERRE DE PARIS

DE LA *CONSOLATIO PHILOSOPHIAE* DE BOÈCE

PAR

M. ANTOINE THOMAS

TIRÉ DES NOTICES ET EXTRAITS DES MANUSCRITS
DE LA BIBLIOTHÈQUE NATIONALE ET AUTRES BIBLIOTHÈQUES
TOME XLI

PARIS

IMPRIMERIE NATIONALE

MDCCCCXVII

NOTICE

SUR

LE MANUSCRIT LATIN 4788 DU VATICAN

CONTENANT

UNE TRADUCTION FRANÇAISE AVEC COMMENTAIRE

PAR MAÎTRE PIERRE DE PARIS,

DE LA *CONSOLATIO PHILOSOPHIAE* DE BOÈCE,

PAR M. ANTOINE THOMAS.

Le nom de Pierre de Paris a été pour la première fois signalé au public, en 1692, par Ambroise Lallouette, dans son livre intitulé : *Histoire des traductions françoises de l'Écriture sainte, tant manuscrites qu'imprimées.* La courte notice qui lui est consacrée (p. 2-3) débute ainsi : « Il y a encore un autre MSS. (*sic*) des Pseaumes (*sic*), cotté n. 7837, qu'on croit estre d'environ la fin du douziéme Siècle. Son Autheur est Pierre de Paris. On y lit d'abord ces paroles : « Y (*sic*) coumence le Sautier translaté dou Latin en Frances, par Maistre Pierre de Paris, as Pecres (*sic*) de Frẽ Simon le Rat de la Sainte Maison de l'Ospitau de Saint Jounhan (*sic*) de Jerlin (*sic*). . . »

En 1723, le Père Jacques Le Long appelle notre auteur Pierre de *Patis*, conformément à une lecture erronée qui figure sur un feuillet de garde du manuscrit 7837 : « Psalmorum versio seu potiùs paraphrasis Gallica à Petro de Patis circa annum 1200, nuncupata Simoni le Rat, Equiti Hospitalis Sancti Johannis Hierosolymitani [1]. . . »

Léopold Delisle a subi jusqu'à un certain point l'influence de la mauvaise lecture, car voici en quels termes il mentionne le manuscrit en question, aujourd'hui conservé à la Bibliothèque nationale, où il porte le n° 1761 du fonds français : « Psautier traduit par maître Pierre de Patis (peut-être *Paris*), à la demande de frère Simon le Rat [2]. . . »

[1] *Bibliotheca sacra*, p. 323ª. — [2] *Inv. général et méthodique des mss. fr. de la Bibl. nat.*, t. I (Paris, 1876), p. 14.

Samuel Berger a proclamé la vérité en écrivant : « C'est Pierre de Paris qu'il faut lire[1]. » Il a fait plus : il a ruiné l'ancienne hypothèse qui voyait dans l'évêque de Paris, Pierre de Nemours (1208-1219), l'auteur de cette version du Psautier[2]. On regrette qu'il ait négligé toute recherche sur Simon Le Rat, patron du traducteur; s'il s'en était avisé, il aurait pu fixer la date approximative de l'œuvre dont son sujet l'obligeait à parler.

En 1889, M. Ernest Langlois a décrit le premier, parmi les manuscrits latins du Vatican, le n° 4788, qui contient la *Consolatio Philosophiae,* de Boèce, « traduite et commentée par Pierre de Paris[3] ». Ignorant qu'un « Pierre de Paris » était déjà connu comme traducteur et commentateur du Psautier, M. Langlois ne s'est pas posé la question de savoir s'il s'agit d'un seul et même auteur, ou de deux homonymes.

Il est certain que nous sommes en présence d'un seul et même auteur. Cette certitude se fonde, non seulement sur l'étude de la langue très particulière qu'écrit Pierre de Paris, mais sur des faits plus matériels qu'il suffira d'exposer brièvement. Frère Simon Le Rat, qui a reçu la dédicace du *Psautier* de Pierre de Paris, est connu par ailleurs. En consultant le livre de J. Delaville Le Roulx intitulé : *Les Hospitaliers en Terre Sainte et à Chypre* (1100-1310)[4], on est facilement renseigné sur son compte : on le trouve à Chypre de 1299 à 1310, soit comme maréchal de l'Ordre, soit comme commandeur de Chypre[5]. Or, le traducteur de Boèce nous apprend que, lui aussi, il résida à Chypre, où il composa deux ouvrages qui, malheureusement, ne nous sont pas parvenus : une traduction française de la *Politique* d'Aris-

[1] *La Bible française au moyen âge* (Paris, 1884), p. 72.

[2] Cette hypothèse est de l'abbé Lebeuf, *Acad. des Inscr.*, XVII (1751), 731; cf. *Hist. litt. de la France,* XVII, 211-213 (article de Daunou sur Pierre de Nemours); Le Roux de Lincy, *Les quatre Livres des Rois* (Paris, 1841), p. xii; Francisque-Michel, *Le Livre des Psaumes..., d'après les mss. de Cambridge et de Paris* (Paris, 1876), p. x.

[3] *Notices et extraits des manuscrits*, t. XXXIII, 2e partie, p. 261-265. De ce manuscrit je possède une photographie complète que le R. P. Ehrle a bien voulu m'autoriser à faire prendre en 1913, autorisation pour laquelle je tiens à lui exprimer publiquement toute ma reconnaissance.

[4] Paris, 1904.

[5] *Op. laud.*, p. 411 et 432. Plus tard, Simon Le Rat devint prieur de France, au moins dès 1313; voir Mannier, *Les Commanderies du grand-prieuré de France*, Paris, 1873, p. xxxiv. Il mourut peu avant le 2 mars 1327; voir Delaville Le Roulx, *Les Hospitaliers à Rhodes, 1310-1421* (Paris, 1914), p. 58, note 1.

tote[1] et un traité philosophique dédié au seigneur de Tyr[2]. Ce seigneur de Tyr ne peut être que le frère du roi Henri II, Amauri de Lusignan, qui chercha et réussit plus ou moins à usurper le pouvoir royal dans le royaume de Chypre à partir de 1306, date où il se fit proclamer régent, et qui fut assassiné le 5 juin 1310[3].

Le manuscrit 4788 du Vatican n'est pas le seul qui nous ait transmis le commentaire de Pierre de Paris sur le livre de Boèce. Le manuscrit 42 de la bibliothèque de Nice renferme, du folio 74 au folio 159 et dernier, un commentaire latin qui se réclame en ces termes du même auteur : *Hic incipit prologus factas per magistrum Petrum Parisiensem super principio istius libri.* Une comparaison minutieuse du texte latin de Nice avec le texte français de Rome ne laisse aucun doute sur l'identité foncière des deux rédactions, malgré quelques différences de détail. Le manuscrit de Rome doit être considéré comme celui qui nous donne l'œuvre de Pierre de Paris sous sa forme primitive, forme que l'auteur a pris soin lui-même d'expliquer au patron inconnu, peut-être Simon Le Rat, qui lui avait demandé par lettre de traduire en français la *Consolatio Philosophiae :*

Et por ce, sire, que vos par vos bontés avez mandé à moy, vostre petit serveor, par vos letres, que je translatasse cest livre dou latin en francois[4], je, qui sui dou tout vostre obeissant, si ay volu oir vos commandemens, comme de mon seignor especial, si ay en prepos de translater cest livre le plus profitablement que je porray. Car come set chose que cest livre soit en aucune part cler et en aucune part oscur, je, vostre serveor, por cele rayson bee à espondre toute la letre en tous les leuz que besoing sera. Et non pas que icest livre en doye perdre por ce le nom de la translation, car je prendrai la lettre mot à mot droytement sans rie[n] changier, et puis si la exponeray clerement, se mestier sera (Vatic. lat. 4788, fol. 3c).

Exceptionnellement, vers la fin de sa lourde tâche, Pierre de Paris interpole en traduisant, de façon à n'avoir pas besoin de faire suivre la traduction

(1) Ms. Vatic. lat. 4788, fol. 11b et 20a; cf. ci-dessous, p. 48 et 51.

(2) Ms. Vatic. lat. 4788, fol. 2b, 43c et 81c; cf. ci-dessous, p. 38, 59 et 78.

(3) Florio Bustron, *Chron. de l'île de Chypre*, publiée par René de Mas-Latrie (Paris, 1884), p. 196.

(4) *Sic.* Je note que le scribe connaît le ç, mais qu'il n'en fait usage qu'avec une extrême réserve, car je n'en ai remarqué que quatre exemples en tout : *esforça* (fol. 5a et 50a), *fayçeor* (fol. 82c), *oysoçeté* (fol. 5b).

d'un commentaire; mais il avertit loyalement le lecteur, quand il y a lieu. Voici quelques exemples caractéristiques de ses déclarations à ce sujet :

Exposition. — Assavoir est que en cest chapistre[(1)] nos n'avons pas parlé proprement selonc la lettre, ains avons joint dou nostre por parler plus droytement, à ce que la lettre fust meaus entendable. Et por ce que, par cele maniere de parler que nos avons eue, nos cuydons que la lettre soit assés clere, et por ceste rayson nos nos somes passés sanz exposition demonstrer (*Ibid.*, fol. 83[cd]).

Porquoy la lettre n'est exponue. — Nos sur ceste prose[(2)] ne faizons nulle exposition autre que cele que nos avons enseree en la prose meïsmez, dont por ce que nos regardant que prenant la prose selonc la lettre, elle estoit molt grieve à entendre, si l'[av]ons volu translater non pas selonc la lettre, maiz prenant la sentence de la prose, à ce que le fruit en poist estre meaus eu. Et por ce que nos cuydons qu'elle soit assés clere par soy par la maniere que nos avons prise, nos nos en somez passés sans nulle exposition (*Ibid.*, fol. 85[a]).

Exposition. — Nos en ceste part[(3)] avons parlé en la maniere proprement que nos parlames en la prose dessus dite, car nos n'avons pas prise droytement la lettre si come elle gist, maiz nos avons entremehlees aucunes autres paroles por doner à entendre pluz clerement la lettre et por pluz abreg[ier] l'euvre. Toutez voyes assavoir est que, au commensement de la prose, la Ph[ilosophie] parle .i. petit oscurement, ne nos ne peumes pas bonement entremehler aucunes autres paroles, que la lettre n'eust esté en aucun leuc corrompue; si preimes à l'encomensement por ceste rayson proprement la lettre, à ce que nostre procès n'eust esté corrumpu (*Ibid.*, fol. 85[d]-86[a]).

La maniere dou translator, que il poursuyt en ceste prose[(4)]. Et nos en ceste prose avons porseu la maniere meismes proprement que nos porsuymes en les .ij. proses derrenierement exposees[(5)], car nos avons entremehlees aucunes paroles por plus manifestement doner à entendre la lettre et por pluz abreg[ier] l'euvre (*Ibid.*, fol. 87[d]-88[a]).

La première de ces déclarations se retrouve à peu près textuellement dans le texte latin, où elle est hors de propos, comme bien on pense :

Sciendum est quod in hac parte, scilicet in prosa, non (*ms.* nos) loquti fuimus proprie secundum litteram, sed addi[di]mus de nostro causa loquendi prop[r]ius, ad hoc ut

(1) Livre V, pr. 3.

(2) Livre V, pr. 4.

(3) Livre V, pr. 5.

(4) Livre V, pr. 6.

(5) M. Ernest Langlois, qui a reproduit ce passage, s'est mépris sur la signification du mot «prose» et a cru que Pierre de Paris faisait allusion à deux autres ouvrages composés par lui avant sa traduction de Boèce (*Not. et extr.*, t. XXXIII, 2e partie, p. 262).

littera intelligibilior esset. Et quia per modum quo locuti fuimus credimus quia littera sit satis clara, et ista ratione sine aliqua expositione pertransimus (Nice, ms. 42, fol. 156c).

Il est permis de conclure de ce simple rapprochement, sans faire appel à d'autres arguments, que :

1° Le texte français est antérieur au texte latin ;

2° Le texte latin n'est pas sorti de la plume de Pierre de Paris. Ce texte n'est qu'une traduction, faite par un inconnu peu intelligent, à laquelle on ne doit avoir recours que dans les cas, assez rares, où le manuscrit du Vatican contient des leçons manifestement défectueuses. Ajoutons que, vers la fin, le traducteur a interpolé dans son œuvre des notions qui ne proviennent pas du texte français de Pierre de Paris [1].

Le manuscrit du Vatican a été exécuté pour « mesire Johan Coqueriau » par un scribe nommé « maistre Og[ier] », qui l'a daté du 20 septembre 1309 : cette date, qui se lit dès les premières lignes, est sans doute celle à laquelle il a commencé sa longue tâche, et elle est fort rapprochée de celle à laquelle l'auteur lui-même a dû terminer son œuvre, dont la composition doit se placer dans les premières années du XIVe siècle. Il est probable que le *Psautier,* dédié à Simon Le Rat, a été composé dans l'île de Chypre, comme les deux ouvrages perdus dont il a été question ci-dessus, la traduction française de la *Politique* d'Aristote et le traité philosophique dédié au seigneur de Tyr. En revanche, la façon dont Pierre de Paris parle de ces deux ouvrages, comme ayant été faits à Chypre, nous autorise à croire qu'il ne séjournait plus dans cette île quand il composa son *Boèce.* Où résidait-il donc alors? Il faut nous résoudre à l'ignorer, comme nous ignorons pourquoi il portait ce nom de « Pierre de Paris », qui a fait prendre le change sur son compte, et dans quelle université il avait conquis le titre de « maître ». Le seul renseignement personnel que nous fournisse le *Boèce,* en laissant de côté ce qui concerne le séjour de l'auteur à Chypre et ses relations avec Amauri

(1) Notamment du folio 108 au folio 110, où il cite Ovide, Sénèque, Juvénal, Isidore de Séville et le traité *De disciplina scholarium*, œuvre du XIIe siècle, qu'un élève inconnu de l'Université de Paris s'est amusé à composer sous le nom de Boèce, et qui a joui d'un grand succès, dans le monde des écoles, jusqu'à la fin du XVe siècle.

de Lusignan, est une allusion à un séjour sur la côte orientale de l'Adriatique : l'auteur affirme, en effet, avoir vu, près de Segna (Zengg), une des cavernes d'où sort le terrible Borée. C'est peu pour documenter une biographie [1].

Ce qui peut être tenu pour certain, d'après la qualité de son français où le dialecte de la Vénétie a laissé une forte empreinte, c'est que Pierre de Paris est né dans le domaine linguistique de l'Italie, comme le célèbre Philippe de Novare, dont Gaston Paris a fait revivre la si attachante physionomie historique et littéraire [2]. Des preuves nombreuses de ce fait seront fournies par le Glossaire qui termine cette notice.

Dans les extraits du manuscrit du Vatican qui sont publiés ci-dessous, on a recueilli tout ce qui a paru mériter de voir le jour pour nous initier à la culture intellectuelle de l'auteur. A l'occasion, on a souligné en note quelques-unes des particularités, plutôt fâcheuses, qui la distinguent; mais on n'a pas prétendu fournir au lecteur tous les éléments d'un jugement critique. Le caractère même du Recueil où paraissent ces extraits ne comporte pas un commentaire continu. Et l'éditeur est obligé d'avouer qu'il ne s'est pas senti la compétence nécessaire pour suivre maître Pierre de Paris dans toutes les directions où l'a entraîné, sur les pas de Boèce, sa suffisance imperturbable. La table alphabétique des noms propres et des matières permettra du moins au lecteur de s'orienter dans ce singulier capharnaüm.

[Fol. 1 ac] CI COMMENCE LE LIVRE DE BOECE *DE CONSOLATION* TRANSLATÉ DE LATIN EN FRANCEIS PAR MAISTRE PIERE DE PARIS.

Et à ce que la maniere dou translat soit coneue, le devant dit maistre si a ordené une epistle en cest comensement, laquel epistle est auci come le prologue dou translator, à laquel il demonstre tote la maniere selonc laquel il entent à porsivre sa translation, et comense ensi. Lequel susdit livre je,

(1) Parmi les maîtres et bacheliers de l'Université de Paris qui attestent, le 10 février 1310, qu'ils ont lu l'*Ars brevis* de Raimond Lull figure «Petrus de Parisius» (DENIFLE et CHATELAIN, *Chartul. Univ. Paris*, t. II, n° 679). Je note le fait sans y insister, d'autant plus que le document en question peut difficilement être accepté comme authentique; cf. *Hist. litt. de la France*, XXIX, 43.

(2) Article réimprimé dans ses *Mélanges de litt. franç. du moyen âge*, publiés par Mario Roques (Paris, 1912), p. 427-470.

maistre Og[ier][1], ay contrescrit à vos, mestre Johan Coqueriau[2], en l'aun (*sic*) de grace M°.CCC°.viiij°., à .xx. jors de setembre.

Ici comence le prologue que maistre Pieire (sic) *de Paris fist sur cest livre de Bo[e]ce De Consolation.*

La premiere creature que nostre Sire Dieus forma si fu le Tens. Et de ce ne doyt nus estre en doute, car manifeste chose est que la generation de nulle chose ne puet estre faite sens leuc, come set chose que toutes choses qui se engendrent covient que ellez soyent engendrees en aucun leuc. Pour laquel rayson il covient regehir que le Tens soit avant que l'engendreure. Et donques, puis que toutes choses et corporeles[3] et sperituelés[4] ont esté formees en Tens, il soffit par vive rayson que le Tens fu la premiere creature que le Creator crea. Et que toutez choses corporeles et speritueles soyent formees en Tens, c'est une chose qui ne puet estre neee. Et certes des choses corporeles nul est en doute, car nulle chose corporel n'est qui ne soit engendree en Tens. Et, briement, chascune chose corporele si a tout son naysement et toute sa vie et tout son estre et toute sa destruction par les choses qui sont engendrees en Tens, por laquel rayson il s'ensuit que toutes les choses corporeles si sont formees en Tens. Et des choses speritueles apert auci clerement, car certes se ellez ne fussent formees en Tens, elles ne porroyent avoir communication avec les corporeles, de laquel chose nos veons tot le contraire avenir chascun jor. Car certes beneuree cuideroit estre la generation humayne, se les creatures esperitueles qui ont esté degetees dou Ciel por lor orgueill ne peusent communer ovec elle, et ensi la generation humayne seroit plus beneuree qu'elle n'est, si ensi fust que elle ne peust estre temptee par les mauvais esperis. Nos ne beons pas orendroit à determiner, car au procès de cest livre est ceste question determinee, laquel nos exponerons quant tens et leuc sera[5]. Et tot

[1] Le scribe écrit *Og*, avec le signe d'abréviation qui représente *er* ou *ier*.

[2] Citoyen de Gênes, sur lequel nous n'avons pu nous procurer aucun renseignement. Le manuscrit a appartenu par la suite à un membre de la même famille qui latinise son nom en *Bartholomeus Cucharelus* dans différents essais de plume qui se lisent sur les feuillets de garde. Voir Ernest LANGLOIS, dans *Not. et extr.*, t. XXXIII, 2e partie, p. 291, n. 2.

[3] Ce mot est toujours écrit en abrégé avec un *p* barré horizontalement.

[4] Même remarque.

[5] Phrase peu claire, dans laquelle le scribe a dû passer quelques mots.

auci come les mauvaiz esperis[1] ont communion avec les choses corporeles, et les bons angles auci, et non pas en celle maniere, car les mauvais esperis tendent à decoyvement et les angles à redressement. Et n'est pas à entendre que les bons esperis ayent o les mauvais communion tant soulement ovec les choses corporeles por la rayson de tempter ou de redrecier; mays encore et tant est la communion et la participation des uns aus autres que les esperis, et les bons et les mauvais, se demonstrent en formes corporeles, si come fist l'angle Raphael à Tobie, et Hamon en la resurrection de Samuel. Et puis donques que les substances speritueles bonez et mauvaises ont si grant participation et si grant communion ovec les choses corporeles, et il covient regehir que elles ont ensemble participation o Tens. Et n'est pas de dire que substances speritueles ayent aucune autre participation ovec les corporeles, senon en ce tant soulement qu'eles furent formees en Tens auci come les choses corporeles. Et coment encore les choses esperitueles sont formees en Tens, l'en le puet demonstrer par .i. autre rayson, car manifeste chose est que nos armes sont substances esperitueles, et come il soit chose que elles soyent formees chascun jor et vienent en nos cors quant elles sont formees, et il s'ensuit que elles sont formees en Tens. Et par une meisme rayson puet on dire des autres formes speritueles toutes, car se nos armes sont les plus noblez creatures esperitueles de toutes les autres creatures esperitueles, qui sont mains nobles de nos armes, si sont auci formees en Tens. Et se aucuns nonsachans vodra dire que les substances esperitueles ne sont pas formees en Tens, si dye donques sous quel chose elles ont esté formeez, car nos savons que en le Non-Tens ellez n'ont pas esté formees, car nulle chose non aparut desous le Non-Tens, que soulement la persone dou Fiz Dieu le Pere, douquel Fis le Pere fu engendreor et non pas faizor. Et come soit chose que quant le Fil fu engendré, il covint, selonc la rayson de toute bonté, que une amor fust issant ygaument de l'un en l'autre, c'est à dire dou Fis au Pere et dou Pere au Fiz, por laquel chose et nos creons la tierce persone, semblable en substance au Pere et au Fis, avoir aparu desous le Non-Tens, mais non pas nulle autre forme esperituele. Et certes se aucune autre forme esperituele fust aparue sous le Non-Tens, auci come fist la persone dou Pere et la persone dou

[1] Ce mot est toujours écrit en abrégé avec un *p* barré horizontalement.

Fiz et la persone dou saint Esperit, une grant descovenience s'ensuirot, c'est à asavoir que auci come nostre Sire Dieu avroit esté tousjors sempiternelment sans nul comensement, auci les autres formes esperitueles seroient, laquel chose, non pas en dire tant soulement, maiz certes en penser la, est grant error, car toutes choses, et corporeles et speritueles, ont eu lor commensement, ne nulle est sanz comensement, que seulement nostre Sire Dieu omnipotent. Ne nos ne disons mie que toutes choses nen eussent tousjors leur formes en la pensee de Dieu, car necessaire chose est que le faizor aye en s'arme toutes les formes des choses que il fait, et de ce nul n'est en doute, car certes le fevres[1] ne feroit jamais le coutel, se il n'avoit avant conceue en sa pensee la forme dou coutel selonc laquel il veaut former le coutel. Et puis donques que toutes choses ont esté cree[e]s par le Creator et nulle chose ne puet estre demonstree sanz sa forme, certes il s'ensuit que, se le Creator a faites toutes choses, et speritueles et corporeles, que les formes de toutes les choses estoyent ens en la pensee de Dieu avant que le Tens. Et come il soit chose que nulle forme nen estoit apparissant avant le Non-Tenz, que tant soulement le Faizeor soverain en la Trinité personele, si come nos avons dit dessus, et il s'ensuit que le Tens fu la premiere chose que le Creator crea, car se toutes les formes ont aparu en Tens, le Tens fu avant fait que les formes aparussent.

[1 d] Et certes nos porrions demostrer enchore ceste chose par plusors autres raysons, mais por ce que tous les philosophes se acordent à ce, et nomeement A[ristotle][2], si come il le preuve en .i. sien livre qui est apelé le *Livre des Causes,* ne nus des sages ne des anciens ne de ceaus qui sont maintenant ne vont contre ceste sentence, mais tuit sont acordant en ce que le Tens fu la premiere creature de toutes les creatures, ne nos ne volons pas faire plus longues paroles sus ceste rayson... Et por ce que nos veons que le Tens est une chose neent-ferme et neent-stable, et il covient regehir que toutes les choses qui ont esté formees, depuis que elles sont formees en Tens, si soyent auci neent-fermes et neent-estables.

[2 ab] Et depuis donques que ensi est que toutes choses soyent neent-fermes[3] de soy, ja soit ice que aucunes substances soient formees de si pure matiere come toutes choses esperitueles sont, que elles ne peuent morir, totes

(1) *Ms.* fieures. — (2) *Ms.* N. — (3) *Ms.* neent fermeez.

voyes elles sont douees toutes de franc arbitre, non pas que elles en usent toutes en une maniere. Et commant toutes les creatures angeliaus et celestiaus et infernaus, et coment auci la generation humayne en use, nos ne beons pas orendroit à determiner, car ceste question meismes est determinee en cest livre [1]. Et se aucun viaut savoir coment toutes creatures reysonables usent dou franc arbitre, si lise au livre que nos feimes auci au seig[nor] de Sur en Chipre [2], car nos avons determiné de ceste question en celuy livre assés soffizaument.

[2d-3a] Et assavoir est que cestui Bo[ece] si est apellé en plusors manieres, car il est apellés Anicien, Mallien, Patricien, Torquat, Severin et Boece. Il est apelé Anicien car il fu neent vencu, car *a* en gresois viaut à dire *neent* en fransois, et *nichos* viaut à dire *vencu*. Et de ces .ij. mos, *a* et *nichos*, est compost çest nom Anicien, qui vaut autant à dire come *neent-vencu*, car nul ne deable ne home ne le pot onques flechir ne vencre ne metre à ce que il peust estre trové en aucun vice... Il fu apellé Mallien car il trova le chant et l'art de la musique as mails des fevres. Il est appellé Torquat car il fu de la lignee de Torquat; et fu celui Torquat .i. home molt noble qui combati contre Tallien [3]. Cestui Tallien estoit .i. geant molt cruel, et portoit entor le col une gorgiere qui estoit molt riche, car il y avoit pierres precioses de grant vertu por ce que il ne pooit estre damagié que par celuy leu; et les pierres estoyent de si grant vertu que l'en ne li pooit traire sanc ne damagier en celuy leuc. Don Torquat se combati contre celluy Tallien et le geta en terre et li aracha le colier dou col et l'ocist, et vendi celuy colier por .ccM. mars d'argent, et tout dona por Dieu as povres... Et fu apellé Bo[e]ce por la rayson de une constellation qui est apellee Boeces [4] et est entrepretee Boeces *ayderesse*, car celle Boeces si esmeut la premiere espere dou firmament. Et por ce que il estoit aydiere à toutes gens, et nomeement as povres et à tous ceaus qui n'avoyent nulle ayde, si fu apellé Boece por ceste rayson. Et si fu apellé Severin. Sest

(1) Ci-dessous, p. 72.

(2) Amauri de Lusignan, seigneur de Tyr; voir ci-dessus, p. 31.

(3) D'où vient ce nom donné au Gaulois tué par Manlius Torquatus? Peut-être d'une altération du lat. *Gallus* pris pour un nom personnel.

(4) Il s'agit de la constellation du Bouvier, dont le nom grec βοώτης, latinisé correctement en *Bootes* à l'époque classique, est souvent altéré, à la basse époque, en *Boetes*, en raison même de la fausse étymologie adoptée par Pierre de Paris.

nom Severin est entrepreté *sivant vérité*. Et por ce que il ensivet verité en tous ses jugemens, ne ne pooit estre flechi à nul tort faire, ne por priss (*sic*) ne por amor ne por hayne ne por promesse ne por paour ne por misericorde nulle, si fu apelé Severin. . .

[3ᵇ] Et se aucun nos voloit reprendre de ce que il est apellés par tant de noms, certes celuy qui de ce nos reprendroit ne se entendroit pas bien, car auci come un mauvaiz home est apellés par plusors noms por palefier plus sa malice, si come l'en veut dire de .i. mauvaiz home : « c'est .i. larron, .i. murtrier, .i. usurier, .i. despoillor de gens », et de .i. grant mangeor veut on dire : « c'est .i. gloton, .i. loup, .i. harrapor », et en auci faite maniere dit on de .i. home qui est avironé de aucune vertu, si come l'en veut dire de .i. fort home : « cestuy est .i. fort, .i. ardi, .i. lyon, i. tor », et aproprier li toutes les proprietés qui affierent à cele bonté; et se il est ensi que .i. mauvaiz home est apelé par plusors noms, por estre sa mauvaistié plus coneue, et il s'ensuit par une meismes rayson que .i. bon home doit estre apelé auci par plusors noms, por ce que sa bonté soit meaus coneue, et nomeem[en]t par ceaus noms qui afierent à sa bonté. Et por ce que tous les noms dessus dis sunt afferables à cest auctor, il pot selonc rayson estre appellés par touz les noms dessus dis.

Et certes cest auctor, quant il ot fait cest livre, et le livre fu porté par le pays, et le roy Theo[doric] vit qu'il estoit si vertuos, si le fist traire hors de prison et comanda que on le deust mener à Ravenne. Et si come il fu esloingnié de la cité de Pavie, et ses henemis furent appareillé par lo cosent dou felon Theo[doric] le roy, et l'ocistrent entre les mainz de ceaus qui le menoyent. Et ensi morut por ses vertus et por ses bontés par les mains des felons, et fu martir, et est apelé de l'Iglise saint Severin. . .

[3ᶜᵈ] Et por ce, sire, que vos. . . [1], et puis si la exponerai clerement, se mestier sera, à ce que vos, mon seignor, porrés aver plenierement l'entencion dou livre, supposant touzjors que vos suppleerés à mes deffautes, come celui en qui toutes bontés sont assizes, car je ne me sent pas de tel poer que par mon entendement ceste euvre peust estre esclarzie. Dont je me fie en la vostre debonaireté que, se il avenoit chose que je no soye si soffizant en mon procès come je devroye, que vos me le pardonrés et amendrois (*sic*) touz me[s] defaus

[1] Texte publié ci-dessus, p. 31.

en tous leus contre tous ceaus qui y vodroyent de rien reprendre. Et je pri au Moveor de toutes les choses que il vueille esmovoir mon povre entendement à ce que je puisse complir ceste euvre à la loenge de son saint nom, et que vos en ayés toute la veraie exposition selonc ce que vostre vertuos cuer desirre.

Ici comense le livre de Boe[ce] De Consolation. Et comense Boece son livre per (sic) *une maniere de complainte, et dit ensi :*

Je, Boece, qui ay fait ancienement les ditiés en l'estude florissant,
Haylas! je plorable sui constraint assenler les vertus tristes [1].

Exposition. A quainses que Boece dye que il soloit estre à Athenes avant que l'estude fust gastee, et fist illeuques plusors livres et en latin et en gresois. Et viaut dire que il florissoit ovec les autres philosophes; et orendroit estoit enprisonés, si li covenoit par force estre douloros et triste, et por ce il ne pooit faire nul ditié que tant seulement de doulor et de tristesse.

Blessay [2] le[s] sciences depeciees qu'il me ditent choses de escrire,
Et les vers de la chaitivité si arosent mes balievres de verais plors;
Au mains nulle paor ne post vencre cestes sciences
A ce que elles compaingnes ne ensuissent nostre voye.

Exposition de ses .iiij. vers.

A quainses que Bo[ece] dye que les mauvaiz homes (quar certes les sciences des mauvaiz homes sont bien depeciees et repetasees [3]) si le esmayent [4] à faire cest livre. Et les soes doulors sont verayes dolors sur toutes doulors, car puis qu'il estoit venu en tele chaitiveté et il ne les avoit pas deservies, certes il se doloit raisonablement. Car qui fait aucun mal et il en est punis, selon rayson il doit porter cele peyne pacientement, et, se il se deut, sa doulor n'est pas veraye. Et por ce dit il que sa doulor est veraye et qu'il ploure veraiement, quar ce que il sostenoit, il ne l'avoyt pas deservi.

[1] Boèce dit : *moestos cogor inire modos*. Le traducteur a pris *inire* pour *unire* et n'a pas compris *modos*.

[2] Il est difficile de comprendre l'origine du singulier contresens fait par le traducteur sur ce vers de Boèce : *Ecce mihi lacerae dictant scribenda Camenae.*

[3] Il est à peine besoin de faire remarquer que le commentateur se méprend complètement sur la vraie signification des mots *lacerae Camenae.*

[4] Faute de scribe pour *esmuevent*, car c'est le verbe *esmovoir*, et non *esmayer*, qu'exige le sens.

[4bc] « Endementiers que je meismes pensoie ces choses teiseblement en moy et je dessignasse la compleinte plorable par l'office dou stille, une feme fu veue de moy meismes arestee dessus mon cervel auci come à la maniere de .i. viaire henorable, et les ziaus ardans et regardans outre la commune puissance des hommes. » — *Exposition.* A queinses que Boece die... Et avoit cele feme uns ziaus ardans... Et est dite cele feme avoir zeaus ardans, que tot auci come le fuec perse toutes choses..., tout ouci les ziaus de celle feme estoyent si persans qu'il regardoyent tout outre haut.

[4d-5a] *La maniere des robes de cele feme.* « Les vestimenz de cele feme estoyent parfayz de tres tenves fils et de soutil artefice et de matiere neent-desliable... » — *Exposition.* Ad queinses que Boece die[1] que les robes que celle feme avoit vestues si estoyent cosues de fils molt soutils; et est entendu par les fils l'engin de l'home. Et estoyent cosuez et taillieez molt artificiozement; et par ceste tailleure est entendu l'estude et le travaill que l'ome met en aprenant les sciences. Et la matiere de celles robes, c'est à dire la layne dont ellez estoyent, si estoit neent-desliable : par ceste matiere est entendu, si come aucuns dient, l'entendement de l'home, qui est neent-mortel, ne ne puet estre dehliee celle matiere dont il est. Et à ce que l'on entende queles robes se peuent estre, il covient saver qui fu celle feme..., ja soit que la letre ne le devise pas encore; et certes ceste feme ne pot estre autre que la Philosophie, car nul ne puet estre philosophe, se il n'est ordené en son engin; dont l'engin est le fill par lequel la science se cout en l'arme de l'home. Et ja soit ce que .i. home ayt bon engin, certes il n'avra ja la conoissance de nule science, se il n'estudie en elle ententivement; dont l'estude est celle chose qui ordene la science en l'arme, et por ce que l'entendement esmeut l'engin et l'estude. Car ja soit ce que .i. home soit de dur engin, se il a entendement en aprendre, il derrompera la duresse de son engin et le mollefiera. Et de ce nul ne doyt estre en doute, quar plusors ont esté molt haus philosophes qui selonc nature estoient de dur engin. Et .i. de ceaus fu Anaxagoras, car l'on dit de lui que son engin ne se pooit adrecier à nul art dou monde ne à nulle letreure, se non à l'art des fevres, mais por ce que il estoit haut home et molt noble, si se vergongnoit en son entendement de cele vilté à laquel sa nature l'avoit

[1] *Ms.* dit.

despozé, si se esforsa (*sic*) molt à ce que il seust letres, et tant s'esforça (*sic*) que de tous les .vij. ars fu amaistrié, et fu en son tenz de grant renomee come sage philosophe que il fu. Et de Aristotle meismes se lit que il fu xxx ans as piés de Platon, sanz ce que une parole li issit hors de sa bouche por desputer ou por raysoner contre son maistre ou contre aucun autre; ne tant come son maistre vesqui, il nen parla ne ne se demostra que il seust une letre. Et Platon li dist une fois que il n'avoit pas engin d'ome ne d'ahne, mas (*sic*) de pierre. Et ce meismes lisons nos dou glorios Ypocras, qu'il fu un des mens complexionés home[s] qui onques fu né le mere, mays por ce que il avoit sa volenté toute ordonee as vertus et as disciplines, il si devint des soutils homes du monde.

[5[ab]] Et par toutes cestes raysons monstrent les maistres de cest tenz que par la matiere des robes de la Philosophie est entendu l'entendement de l'ome. Mais nos cuidons que ceste exposition ne soit pas soffizant, ains cuidons que celle chose de laquele la science que l'en aprent est faite soit la matiere des robes de la Philosophie, car par la Philosophie nos si n'entendons pas la science, ains cuidons que l'entendement de l'home soit meismes la Philosophie, car l'entendement de l'home est celle chose que ressoit la science et se aorne par la science et se vest de la science, auci come .i. home se veste et se pare de une bele robe, qui vuet aler henorablement. Dont nos disons, selonc nostre sentence, que celle feme que il vi si fu son entendement qui estoit philosophe, ou s'arme, car l'arme de l'home puet selonc rayson estre apellee Philosophie. Dont il dit que il vit sur son cervel la Philosophie, c'est à entendre que par l'entendement raisonable de s'arme il comensa à penser que nul ne devoit estre troublé de nulle chose qui soit en cest Monde.

[5[bc]] Et puis donques que l'arme de l'home est vestue de la science et ressoit toutes sciences, et est aornés l'home par les sciences que il sait, certes il s'ensuit que l'arme est meismes la Philosophie, et les robes sont les sciences desqueles l'arme est vestue. Et si aucun vodroit arguer contre nostre science, celonc (*sic*) ce que plusors arguent, et deist que ceste exposition n'est pas soffizant, car se il est ensi que par l'arme est entendue la Philosophie, et il s'ensuit que tous homes devroyent estre dis philosophes, come il soit ensi que tous homes ayent arme, à ce poons nos respondre que certes nul inconvenient n'est que l'home,! a[u]quel la rayson seignorie en toutes les choses que il a à faire, ne soit dit selonc rayson philosophe, car philosophe [1] n'est nulle autre chose enterpreté [2] que « amoros de sagesse », et philosophie « amor de sagesse ». Et certes se aucun est raysonable en touz faiz, et il s'ensuit que il ayme toute sagesse et toute vertu, et hait tout vice et toute oysoçeté (*sic*), por laquel rayson il s'ensuit que depuis que le philosophe n'est nulle autre chose dou monde à dire que « amoros de sagesse », et depuis que tous ceaus qui sont en toutes heuvres raisonables sont amoros de sagesse, et il s'ensuit que tous zeaus qui sont raisonables en tous lor faiz si doyent selonc raison estre apellés philosophes, et l'arme de tous ytels philosophie . . .

Et par les derraines paroles meismez, que sont demorees sanz exposition, apert clerement que ceste feme n'est autre chose dou monde que l'arme entendable de l'home, car nulle chose n'est dou grant de l'home qui puisse percier le Ciel, que tant seulement l'arme de l'home, qui entent par son entendement tout le cors celestial et a science de toutes les creatures angeliaus et des formes meismes qui sont issues de la pensee dou Creator, et jusques à son Creator se estent meismes sa [3] conoissance, car home conoist son Creator en sa propre substance avec toutes les formes qui i sont apartenans, car se nostre conoissance ne s'estandoit jusques au Creator, ne nos ne le creiroiens pas, si come nos croyons, car toute rayson nos done à croire le, selonc ce que nostre foy nos done.

[6ª] Et por ce que toute la science dou monde est devisee en .ij. pars, c'est assaver en la theorique et en la pratique, et la pratique est plus veille que la theorique, si come l'euvre des mainz est plus vieille que ne sont les sciences qui on[t] lor siege en l'entendement et ne se euvrent pas par mains, come sont les sciences liberales, ja soit ce que chascune science ait sa pratique, si come nos veons que l'ome aprent l'art de la megerie avant que il sache ouvrer d'elle, et certes home qui sait bien la megerie, ja soit que il ne sache ovrer, est plus digne de henor avoir que n'est celuy qui ouvre d'elle malement, come sont plusors mieges apelés, qui dient que il sont mieges et, quant l'en vodroit bien enserchier, l'en les troveroit vuis de tote science, et auci nos veons que .i. home avra la grace de preescher et ne savra pas une letre selonc ce que afiert à naturel clerc; et cele science est apellee pratique,

(1) *Ms.* philosophie. — (2) *Ms.* enterpretree. — (3) *Ms.* sanz.

et ensi est convenant de toutes les sciences. Et auci come nos trovons les pratiques sanz la naturel science, tout autreci trovons nos grans clers qui ne sevent metre en euvre cele science que il sevent, si come sont plusors haus mieges, qui sont mot sages (et) en la science de la medicine et ne savroient pas garir .i. malade; et plusors sont maistres en divinité, qui n'ont nulle maniere en preescher; et auci plusors sont gramariens et logiciens, qui n'ont nulle maniere en enseigner ce qu'i[l] sevent; et nul de ceaus n'est ne compli ne parfait. Et por ce dit Bo[ece] que amont, vers les espaules de la robe que celle feme estoit vestue, .T. grejois estoit, c'est à dire que la science theorique y estoit empreinte, et aval, vers les podees, .P. gregois estoit, c'est à dire la science pratique; et dit que le .P. et l[e] .T. estoient grejois, et non pas fransois ou latins ou d'aucune autre langue, car toute la science regna avant en Gresse que en nul autre leuc.

[6^c] Et apelle Bo[ece] les sciences versefiees « douloroses veilles puterellez » por ce que la science versefiee est la premiere science que l'en seut aprendre as enfans, et por ce que les putains seulent norrir les homes des douz venins come de douces paroles et decevables. Et il apelle les ditiés que l'en fait d'aucunes doulors « putains », car quant l'en est en aucune doulor et l'en fait aucun ditié de celle dolor, certes celuy ditié ne done nul remede à confort avoir, ains acreist pluz les doulors.

[6^d] « Et por ce laissiés cestui, enseingné et norri des estuides eleatices et des achadematiques[1] », c'est à dire des sciences celestiales ou devines, car *eleos* en gresois viaut dire « soleill » en franceis, et *ycos* vuet dire « science », et de ces .ij. mos *eleos* et *ychos* est compost cest nom *eleatices,* qui vaut autant à dire come « science dou sollail ». Et *achadema* en grezois vuet dire « liberal » ou « franc » en francois, et *ycos* vuet dire « science », et de ses .ij.mos, est assaver *achadema* et *ycos* est compost cest mot *achadematiques,* qui vaut tant à dire come « sciences liberales[2] ».

[7^b] « Haylas, aylas! la pensee trebuchiee au fons de la chose trebuchable

(1) *Ms.* achadematienes.

(2) Ici et ailleurs, nous laissons au lecteur le soin de faire justice des étymologies grecques de Pierre de Paris, fort ignorant en la matière. Rappelons seulement, à la décharge de notre auteur, que le célèbre Jean Scot Erigène, qui passe pour avoir su le grec, a écrit, dans son commentaire de Martianus Capella : « *Achademia* interpretatur *tristitia populi* » (Voir *Not. et extr.*, XXII, 2e partie, p. 14).

si s'enpigrist... », car certes la pensee de l'home en est molt peressouse envers son Creator.

[7[c]] Et certes cestuy franc soloit estre molt vertuos, car il soloit passer par l'ayr et aler jusques au Ciel et regarder illeuques les lumieres dou Sollail rosein; et est apellé le Solaill *rozein* por la roujor que il a en luy... Et ensement savoit les achoisons dont les vens esmeuvent les planeures de la mer.

[7[d]] Toutes les creatures sont nees en le Tens... et ont lor vie por ce que le Tens a la vie. Et que le Tens vive et aye vie en soy, nul ne le puet nyer, car certes le Tens croist en chascun an .vj.hores. Et come soit chose que le jor n'aye que .xxiiij. hores, et le Tenz, depuis que il croist chascun an .vj. hores, et il covient regehir que chascun .iiij. ans croist .j. jor, et de ceste rayson vient le bissext, que la s[ainte] Iglise a ordené par tout le Monde de .iiij. ans en .iiij. anz. Et certes se cest ordenement ne fust au Monde, depuis que le Monde a esté creé, tant de jors ont esté creus que ja l'esté seroit mué en yver et l'iver seroit esté... Et se il est ensi que le Tens croist, et il s'ensuit par droite necessité que il a arme, car nulle chose ne puet croistre se elle n'a arme; et se arme y a, et il vit, car nulle chose ne puet avoir arme sanz vie. Et come soit chose que nulle chose ne se puet esmovoir que par la force de son esperit, certes et il covient regehir que le Tens si se esmeut par son esperit, et sest esperit est seluy qui esmuet tot le Monde, et cest esperit est apellé l'arme dou Monde, de laquel arme Aristote parle en .i. sien livre qui est apellé le *Livre de .vj. principes*, ja soit ce que aucuns vuelent dire que Aristote ne fist pas cel livre [1].

[8[a]] Et savoit encore don vient celle estoille qui se demostre la matinee avant l'aube dou jor, venant et refflambissant par devant le Soleill, et au soir va derriere le Souleill, quant le Soleill se vuet rescondre. Dont la Philosophie vuet dire que il savoit l'alee et la retornee de celle estoylle, et coment elle chet de nuit en les aygues de la mer quant le Soleill est rescondu, et coment elle se relieve la matinee avant le Soleill. Et de toutes ses choses savoit il rendre rayson. Et coment celle estoille chet en la mer et retorne au Ciel, nos l'esclarzirons ca avant [2].

(1) Le livre en question a réellement pour auteur Gilbert de La Porrée, mort évêque de Poitiers en 1154; voir notamment Pierre Duhem, *Le Système du Monde*, t. III (Paris, 1915), p. 194 et suiv.

(2) Cf. ci-dessous, p. 50.

Encore de la complainte. « Quel esprit atempre les hores paissibles de la prime vere » — *Exposition :* et en autre franceis s'apelle *prin tens* — « à ce que elle aorne la terre des flors roseynes? »

[8[d]] Et quant la Philosophie le vit. . . , elle si conust tantost sa maladie, et dist que le malade n'estoit en nul perill, car il n'avoit nulle autre maladie que litargie tant seulement, et est entrepretee ceste maladie « obliance ».

[9[a]] « Es pluyes nimbosees » — *Exposition :* c'est à dire « chargees de nues ».

[9[b]] Et por ce assavoir est que aucuns vens ameinent la pluye, et aucuns la consument. Et de ceaus qui la consument, boyre en est l'un, car il vient de la fosse Treyciene, dont de savoir est que la boyre vient de plusors pars et que tous vens vienent des cavernes de la terre, dont il y a une fosse es parties de Esclavonie, sur une ville qui est apelle[e] Segne[(1)], et ha nom celle fosse Trahos, et de celle fosse ist hors la boyre : et ce disons nos come ceaus qui l'avons veu.

[10[cd]] Dont il est de savoir que, au tenz que l'estude estoit à Athenes, yl y avoit d'escoliers .iij. manieres, c'est assavoir les Epyguriens et les Stoyens et les Peripatiens. Et ces .iij. manieres d'escoliers avoient leur principaux goverineors desquels il tenoyent leur oppinions. Et por ceste rayson l'on doyt savoir que .iij. manieres de oppinions estoyent à Athenes, car les uns disoyent que l'on devoit estudier en les sciences liberales et demostrer la science à tous, et ensivre verité et toute vertu, et eschiver touz vices. Et de ceste oppinion estoient les Peripatyens, et disoient que en ce estoit ordenee la tres bone vie; et le principal guyor de cette oppynion estoit Aristote; et ces Peripatyens sont apellez d'aucuns Aristotiliens por la rayson de ce que Aristote estoit de ceste oppynion. Et estoient apellés Peripateyens auci come « après de la voye de verité », car *par* en gresois viaut dire « après » en francois, et *pati* vuet dire « voye »; et de ces .ij. mos *par* et *pati* est compost ce nom Peripateyens, qui vaut à dire tant come « home près de la voye de la verité ».

Et les autres dysoyent que l'en devoit bien aprendre en toutes les sciences

(1) *Segna,* autrement *Zengg,* sur le golfe de Quarnero. En fait, comme me l'atteste par expérience M. Horace Delaroche-Vernet, ministre de France près le roi de Monténégro, la région de Segna est celle où la *bora,* c'est-à-dire le vent Borée, passant par la brèche que forme le col de Vratnik, souffle sur l'Adriatique avec le plus de violence; cf. Élisée Reclus, *Nouvelle Géographie universelle,* t. III (Paris, 1878), p. 243-244.

liberales et abandoner touz vices, mais l'on ne devoit pas demostrer ce que l'on savoit à nul, se non à ceaus qui habitoyent es fosses et es cavernes, et de ce voloyent dire que la vie singuliere, si come est la vie des hermites, estoit la meillor de toutes. Et de ceste oppynion estoyent les Stoyens; et sont apellé Stoyens de cest nom *stoos*, quar *stoos* en gregois vuet dire « fosse » en franceis, dont Stoyen vuet dire auci come « home habitant es fosses ».

Et les autres, qui sont apellés Epyguriens, dysoient que la bone vie estoit en bien boivre et en bien manger et en luxurier et en avoir toutes choses à son delit sanz travaill; et sont dis Epyguriens auci come « homes demenans vie de pors », car *epy* en grezois vuet dire « desous » en franceis, et *guyros* vuet dire « porc »; et de ses .ij. mos *epy* et *guyros* est compost cest nom Epygurien, qui vaut tant à dire come « home menant vie de porc ».

[11ab] Dont l'en doit savoir que celuy Anaxagoras fu .i. molt haut home, et abandona toute sa seignorie, car ill ot en grant honte de ce que il n'estoit disposés selonc nature à nul bien dou monde, que tant soulement à fevrerie [1], si come nos deymes au prologue de cest livre [2], et porce qu'il estoit haut home et de haute seignorie, seignor de .j. chastiau que est en Gresse, qui est apellé Esparte, si abandona sa terre et la commist à .j. sien frere, qui estoit menor de luy, et vint à Athenes, et vost en toutes guises aprendre letres, et devint en son tens grant clerc, dont il covint [3] puis qu'il s'en fuist dou paiz, car il li fu doné à entendre que son frere meismes le voloit faire ocirre.

Et raconte auci coment Socrates fu envenimé; et assaver est que le roy Got le fist envenimer en la presence de Platon son desciple, por ce que il ne s'estoit volu acorder à perdre .ij. homes, Filatus et Omer, de grant vertus; si voloit le roy Got que Socrates les envenimast, come celuy qui le pooit meaus faire que nul autre; et por ce que il ne le vost faire, si le fist le roy Got envenimer [4].

Et Zenon fut auci tormenté, et le fist Denis tormenter, et Euripides [5] le

(1) *Ms.* fieruerie.

(2) Cf. ci-dessus, p. 41.

(3) *Ms.* couient.

(4) J'ignore d'où vient cette singulière version de la mort de Socrate. D'après Guillaume de Conches, Socrate « ab Aneto duce Atheniensium positus est in carcere et ibi collata cicuta mortuus est » (Comm. sur la *Consolatio* de Boèce, Bibl. nat., lat. 14380, fol. 71c). Faut-il voir dans « Aneto », prétendu duc des Athéniens, où l'on reconnaît facilement l'un des trois accusateurs de Socrate (*Anytos*), le germe du « roy Got » de Pierre de Paris?

(5) *Ms.* Ruripides.

poete, et morut es tormens. Et qui vodra savoir ceste estoyre, si lise en la *Politique* de Aristo[te], que nos avons translatee en Chipre [1].

[12[a]] Et por ce que une furiosité regne en Enfer, qui est apellee Vesseus (*sic*), qui fait alumer le fuec d'Enfer, dit elle [la Philosophie] que celuy vent, qui meyne les estincelles hors de la cheminee, si peut selonc rayson estre dit Vesseus. Et ceste est la exposition des maistres. Mais nos cuidons que ce ne fu pas l'entention de Bo[ece], ains cuidons que il entendi que celuy qui ne se donroit en ses choses terrienes si ne douteroit de riens quant celle forcenerie qui est apellee Vesseus, qui fait ardoir le feuc en Enfer, se esmoveroit, come celuy qui ne seroit de riens soumis à elle.

[12[b]] Et quel home puet estre meaus enlassiez et plus griefment que celuy qui est paorous? Et por ce seut l'on dire en .j. proverbe : « Home paorous est demi mort [2]. »

[12[c]] Et por ce li dit elle por quoy il ploroit encore et por quoy il decorroit si fort en lermes come il fayzoit. Et lors elle li parla en gresois et li dist: *Is pheos eni a pou oudiga tou cosmou.* Et sont ces paroles enterpretees en franceis : « Un dieus est qui governe le Monde [3]. »

[13[d]] Et por ce dit Bo[ece] que celuy Tonigaste si faisoit embruisement contre les fortunes de chascune chose feyble, queinses qu'i[l] ne pooit estre chastié, por nul damage qu'il poist avoir, qu'il n'alast à marchandisse por gaaingner ses choses mondaines de quoy il peust vivre henoreement... Le pueple de Rome estoit molt travaillé par les grans otrages que les Gotiens faisoient, car nulle chose la gent du roy Theodoric n'achetoient, mais par les casaus, et en Rome et dehors, il se hebergoient et prenoyent orge et paille et gelines et les biens de la povre gent.

[15[c]] « Et l'autre franchise, quelle chose puet elle atendre? Et mabahir [4] qu'elle poist atendre aucunes choses! »

(1) Cette traduction est perdue; cf. p. 30-31.

(2) Je ne connais pas d'autre exemple de ce proverbe.

(3) Cf. Nice 42, fol. 87[b] : « Et tunc ipsa locuta fuit Boetio in lingua greca et dixit ei : *Ispheos em apore ondiga toy scosmon.* Et ipsa verba in lingua latina interpreta[n]tur : « Unus deus est qui gubernat mundum. » Le texte grec peut être ainsi restitué, d'après une obligeante communication de mon collègue M. Hubert Pernot : *Εἷς θεὸς ἐῖν, ἀποῦ ὀδηγᾷ τὸν κόσμον.* Mais ce texte est sans rapport avec celui que cite Boèce, I, pr. 4.

(4) *Mabahir*, qui traduit le latin *utinam* (*Consol.*, I, pr. 4), doit être une faute de scribe; cf. le Glossaire, art. *maquari*.

[15d-16a] Et certes nos veons que plusors foys la Nature fait aucune chose qui est contre son comun cours, si come nos veons que .j. enfant naistra atout .ij. testes et n'i avra que .j. cors, ou qu'il avra le visage derriere la teste tornee ce devant derrieres, ou avra les piés en leuc des mainz et les mainz en leuc des piés. Et si faites choses, qui seulent avenir contre le commun cours de la Nature, sont apellees mostres... Dont certes il s'ensuit que, se justize est mauniee, que ce est une chose qui doit selonc rayson estre apellee monstre.

[16b] Auci come Bo[ece], parlant encore à la Ph[ilosophie], deist que certes il ne semble pas que home qui est juste por maintenir justize devroit estre soumis ne menés à perdition. Et por ceste rayson demanda Erypides (*sic*) le poete, quand il marturioit Zenon, se Dieus estoit ou non; et, se Dieus estoit, il se merveilloit molt dont les mals pooyent venir; et, se Dieus n'estoit, il se merveilloit dont les biens pooyent venir. Et cestuy Eurypides fu le familier de la Ph[ilosophie], qui fist ceste demande que Bo[ece] touche en la letre.

[17b] « Et certes et tu, qui estoyes enthee en nos, si dechassoyes toute la covoytise des choses morteles dou siege de nostre corage. Et licite chose n'estoit pas au sacrilege estre dessous tes ziaus. Et certes tu distilloies chascun jor en mes oreilles et en mes pansees cele chose pictagorienne: [*douleffgo tou theo ohy tous theous*, en grec](1). »

[17c] Assavoyr est que cestuy Pictagoras si fu .j. home molt sage en l'art de l'astronomie, et estoit .j. grant jugeor et devineor des aventures. Et quant il vint à sa mort, ses aprentis, qui li estoyent entor, si li dirent que il leur deust demonstrer aucune voye dou governement dou Monde. Il leur respondi que toutes scienses il deussent abandoner et servir à .j. dieu. Dont il, qui estoit gresois, si leur dit ceste gresoise parole: *Doulepse enou pheou*(2), qui vaut tant à dire come: « Serve à .j. dieu ». Et selon ce que l'on raconte de celuy Pictagoras, nulle autre chose ne li issi hors de la bouche par .x. jours entiers, et morut en parlant ceste parole: « Serves (*sic*) à .j. dieu. »

(1) Le texte placé entre crochets a été ajouté après coup sur une ligne restée en blanc. Il manque dans le manuscrit de Nice, et il est difficile de le restituer sûrement. Boèce n'a écrit que deux mots grecs : ἑπου̃ Θεόν. (*Consol.*, I, pr. 4). On semble avoir voulu lui faire dire : « Il faut servir Dieu, non les dieux. » Cf. l'exposition.

(2) Le texte grec n'est pas donné par le manuscrit de Nice.

[18[d]] Ensi come la Lune fait touz jors .i. cours acostumeement, tot auci le font les autres estoilles. Et ce puet l'en veir clerement, car Hesperus, celle estoille qui va derriere le Soleill quant le Soleil va à son reconsement, si se demostre avant le Soleill la matinee, avant que le Soleil apere; et por ce dit Bo[ece] ci-dessus[1] que elle cheoit en l'aigue et puis retornoit au Ciel. Et por ce que nos ne demostrames pas coment ele cheyot et coment ele retornoyt, le vos volons nos orendreit demostrer, à ce que l'on puisse veir clerement que la verité soit ensi. L'an doit entendre que la Terre est avironee de l'aygue, dont toute la Terre est auci come une ysle, et le Ciel avirone toute l'aygue. Or est ensi que celle Hesperus va derriere le Soleill quand le Soleill raconse et torne avec le Ciel. Or doyt l'on ymaginer que il covient que le Ciel touche l'aygue, dont celle estoille Hesperus, quant elle vient à toucher l'aigue, elle se part de son lieuc et court par dessus la face de l'aigue et vient droit arrieres à son leuc dont elle parti, car selonc ce que le Ciel va par dessous l'aygue et elle en alant per (*sic*) dessus, si va droitement selon son cours qui li est aproprié, et vient en tel maniere la matinee devant le Soleill. Et assavoir est que justement est ordené son cours au regart dou cours dou Soleill, et ainsi apert la matinee devant le Soleill, et puis vient vistement, et quant elle est arriere près de l'aygue, elle laisse de rechief se et se tre[u]ve au soir pres dou Soleill, et ainsi apert la matinee devant le Soleill et au soir derriere. Et selonc ses apparissemens et elle a .ij. noms, dont au soir... est elle appellee Hesperus, et est entrepreté Hesperus auci come « amenant le vespre »; et quand elle apert la matinee, elle est apellee Lucifer, et est entrepretee Lucifer auci come « portant lumiere ».

[19[c]] « Certes ton pays n'est pas governé, ensi come le paiz des Atheniens estoit governé ancie[ne]ment, par le comandement de la multitude[2]. »

[20[a]] Don l'on doit croyre que come soit chose que l'ome soit la plus noble creature de toutes, ne ceste noblesce il n'a pas por nulle chose que il ait en soy, que tant seulement por la rayson de l'arme entendable, et come soit chose que une arme ne soit pas entre tous, car tous seroyent entendables en une maniere, certes et il covient dire que chascun si a sa propre arme. Et puis donques que les homes naissent chascun jor, et il covient regehir

[1] Cf. p. 45.

[2] Deux lignes, réservées à la suite de ce mot pour écrire le grec cité par Boèce, sont restées en blanc; cf. ci-dessous, p. 51.

que les armes se forment chascun jor; et ceste euvre est propre de Dieu. Et la maniere coment elles descendent dou Ciel et entrent en les cors qui sont engendrés, et coment elles perdent la science que elles souent[1], car l'on doit savoir que en leur formation elles sont complies en toutes sciences et en toutes bontés, certes de tout ce nos ne determinons orendroit riens, car nos tressaudriens hors de la matiere. Toutes voyes qui le vodra savoir, regarde Aristote au *Livre dou Ciel et dou Monde*, car illeuc toutes ces choses si sont soffizaument demonstrees. Et nos meismes determinamez ceste question soffizaument en le *Livre de la Politique* de Aristo[te], que nos translatames dou latin en franceis en Chipre[2]; dont se aucun lay vodra voir la rayson de toutes ses choses, lise en celuy livre : illeuques trovera toutes ces choses soffizaument determinees[3].

[20b] Par toutes ces paroles l'en doit entendre que Dieus est cestuy governeor qui ne forbanit pas les armes dou Ciel ne ne se esjoist pas en ce qu'il en sont hors, ains est molt lyés quant il li vuelent user, la quele chose ne soloit pas estre covenant des Atheniens, car certes il en sont destruis par les felons governeors qui se sont esjois en exiller les citoyens. Et ceste chose est covenant en Terre partout, ne .j. jugeor n'est pas soul en Terre, maiz au Ciel est .j. jugeor. Et ce fu ceste parole que la Ph[ilosophie] li dist en gresois : *Ys oudiga en esty missi sou*, qui vaut autant à dire come : « .j. jugeor est en son pais[4] ».

[21a] C'est assavoir que les seailles se font de jung et... lors le Solaill est en un signe qui est apellé *gambre* en franceis, car c'est une partie dou Ciel où molt d'estoiles sont assemblees ensemble et ressemblent, quant elles sont ainsi assemblees, .j. gambre; ne le Solaill ne puet monter plus haut, car c'est la plus grant partie dou Ciel. Dont quant le Solaill a fait son cors par celuy leuc, et il descent auci come fait le gambre, qui cuide aler avant quant il va arriere... As sulcs, c'est a dire au[s] roies de la Terre que la charrue fait...

(1) *Sic*; corriger : *orent* « eurent », ou : *sorent* « surent ».

(2) Traduction perdue; cf. ci-dessus, p. 30-31.

(3) Cf. aussi ci-dessous, p. 66.

(4) Cf. le texte du ms. 42 de Nice, fol. 94d : « *yo oudiga enesti maffison*, que verba in lingua latina important quod unus rector est in patria sua. » Le texte grec semble pouvoir être restitué ainsi : *Εἷς ὀδιγός ἔνεστι ἐν ... σοῦ*. On lit dans Boèce, *Consol.*, I, pr. 5 : *Εἷς κοίρανος ἔστι, εἷς βασιλεύς*.

Et apelle la Ph[ilosophie] les soulcs « deniens », car il ne vuelent recevoir la semence.

[21 ab] Auci come les semailles et les blees ont leur tens, tout auci est covenant de toutes les autres choses. Et ce puet l'on demostrer meismes des herbes, car certes manifestè chose est que, qui vodroit trover violettes, il perdroit son travaill, qui les sercheroit en le boys quant il est bien plain d'arbrez, car elles ne croissent pas entre les arbres, mais es pierres. Et est apellé le boys *purpurain*[1] celuy qui est bien espès d'arbres, car il est auci reluisant come porpre. Et por ce que le vent qui est apellez *aquilon*, que la laye gent apelle *hoistre*[2], seut dessecher les herbes et nuyre à la Terre tant come il puet, la Terre, en soy deffendant, si met cele humidité que elle a hors de soy, et de celle humidité vienent les violettes, et de se avient que les violetes ne puent pas croistre en boys, qui sont plain d'arbres, car le vent ne puet pas venter entre les arbres, et sont auci come un escu à la Terre. Et come il soit chose que celes violettes ne peuent naistre hors de la Terre, se non par la force dou vent d'oistre, certes et tels violettes ne peuent pas croistre es boys, ains croissent es champs, et por yce dit la Ph[ilosophie] que le champ s'enfremist des cruels aquilons.

[22 c] L'en doit savoir que austre est .j. vent molt felon et molt chaut, et ce puet l'on veir clerement, car, quant il vente, les pierres suent, car tant est la chalor de celuy vent que, quand il vente, il fait issir hors l'umor qui est es pierres, auci come le fuec fait issir hors la humor des buches vers quand il les art. Et par la grant chalor que il a en soy, toutes herbes se desechent quant il vente; et sont les creatures à celle foys toutes desatrempees. Et por ce dit la Ph[ilosophie] en les vers que le austre mehle le chaut. Or sont ces sofflemens si demesurés que, quant il vente, il torne la mer ce dessus dessouz.

[23 c] Assavoir est que la Ph[ilosophie] fait une comparation de l'Aventure

(1) Ms. *ppurain*, avec un trait horizontal au-dessus du premier *p*.

(2) Remarquons, une fois pour toutes, que Pierre de Paris ne sait pas que le latin *aquilo* désigne le vent du nord, et qu'il fait de ce mot un synonyme de *auster*, qui désigne le vent du midi; c'est ainsi que plus loin, fol. 29 b, ayant à rendre ces deux vers (*Consol.*, II, metr. 3):

Saepe ferventes *aquilo* procellas
Verso concitat aequore,

il écrit : « Soventes foys le *austre* si esmeut ses ondes eschauffans par sa planor tornee », avec la même tranquillité qui lui a fait écrire, un à .j. monstre qui est apellé selonc les auctors Protheus, dont assavoir est que celuy Protheus si estoit une creature et avoyt ceste vertu en soy que il se demonstroit as gens, quant il voloit, come home veillart, et aucune foys come .j. enfant, et aucune foys comme .j. ahne, et aucune foys come .j. buef; et, brement, se muoit en toutes les coulors qu'il voloit.

[24[bc]] Car il est si fol que il cuide que la Fortune soit muee envers luy, et certes elle n'est de rien muee, car meismes celles costumes avoit elle et de tel nature estoit elle quand elle li estoit amiable, et en ce que elle s'est muee elle a demonstree proprement sa propre constance, c'est à dire sa propre nature. Et à ce que l'en entende ses paroles, l'en doit savoir, et c'est une chose molt manifeste, car quant aucune creature fait cele chose qui li est naturele, certes qui diroit qu'elle se mueroyt, si trayroit la vérité et ne savroit que il diroit, si come .j. loup qui seroit aprivaizé, certes se il avenoit que il mangast une des berbis de son seignor, nul ne le devroit blahmer; et cil qui diroit qu'il eust mué sa nature, certes il ne entenderoit de riens. Et auci de .j. chat, se il avenist que aucun per son engin se feist servir à .i. chat en aucun office, si come en tenir une chandele ardant[(1)], si come l'en raconte en les fables que une feme fist[(2)]; et si avenist par aucune aventure que, en celuy point que le chat tenroit celle chandele, il veist .i. rat passer par devant soy, certes se celuy chat getast la chandele et corust après le rat, nul ne se devroit merveiller, car tele est sa nature, ne de riens ne l'avroit changee.

[25[cd]] Dont assavoir est que Eurupus (*sic*) vaut tant à dire come « boyllon », et est enterpreté en .j. autre signification « bon port » ou « bone riviere », et en autre signification est enterpretee (*sic*) auci comme « dehors rapine ». Et la rayson de ces .iij. significations si puet estre prise selonc le nom, car *Euruppus* en gresois viaut à dire « boillon » en francois, et por ceste rayson

peu plus haut : « le *austre* oscurs si sospire forceneement », pour rendre le « spiret insanum nebulosus auster » de son modèle.

(1) Allusion à un conte célèbre, d'origine orientale, sur lequel on peut voir un récent mémoire de M. Emmanuel COSQUIN, publié dans *Romania*, XL, pp. 371-430 et 481-531 : *Le conte du chat et de la chandelle dans l'Europe du moyen âge et en Orient.* Le troubadour Perdigon se réfère aussi à ce conte dans une tenson que n'a pas connue M. Cosquin (note du prof. SCHULTZ-GORA, dans *Zeitschrift für rom. Philol.*, année 1913, p. 465).

(2) L'auteur a en vue les *Fables* en vers français de la célèbre Marie de France; mais il est reconnu aujourd'hui que le récit en vers publié par A. C. M. Robert, sous le nom de cette poétesse, ne fait pas partie du recueil authentique.

Europpus est appellé « buyllon ». Et por ce ansement que *eu* en gresois viaut dire « bon » en francois, et *ripa* en latin viaut dire « ryviere », et de ses .ij. mos, l'un en fransois et l'autre en gresois, c'est assavoir *eu* et *ripa*, est compost cest nom *Euruppus*, qui vaut autant à dire come « bone riviere ». Et d'autre part, por ce que *e* en gresois vuet dire « dehors » en fransois, *rapina* en latin si vuet dire « rapine », et derrechief cest nom *Euruppus* puet estre entendu auci come « hors de rapine ».

[26ad-27a] « O tu, home, por quoy me laisses tu colpable par cotidianes (et en autre franceis, *assiduables*) complaintes ? ... Mes serviciales si me reconoissent à dame ... Licite chose est auci à l'an racheter (1) orendroit le visage de la Terre par les flors et par les bleez, et auci li est licite chose confondre le par les froys et par les niblez. Et le droit est à la mer assoager (2) orendroit par sa planesse acravantee, et li est auci droit enfler soy par ondes et par flos ... Et ne conoissees tu pas mes costumes ? Ne savees tu pas que Cresom, le roy des Lydiens, poy avant estre à douter et puis, en après maintenant, d'apitoyer, come celuy qui fu bailliés as flammez dou fuec, et puis fu deffendu par une pluye envoyee celestiaument, et avoit demonstré les piteuses lermes dou roy de Perse qui fu prins ? Ne te passe ceste chose par tres plus grans chaitivités (3) ? Et quele autre chose ploure le cri des tragedies (4), se non l'Aventure tornant les beneurés royaumes par .i. cop nient-discret ? Et tu, mon norri anfant, [*deux lignes en blanc*], ne as tu apris de gesir en le chemin dou sovrain Creator (5) ? »

Exposition... Or pensons que l'Aventure parlast à luy en tel maniere et deist : « Beaus amis, que t'ay ge fait ? Por quoy te plains tu de moy chascun

de ses *Fables*; voir COSQUIN, *loc. laud.*, p. 392, note 2.

(1) Contresens sur le latin *redimire*, pris pour *redimere*.

(2) *Ms.* assoagéé.

(3) On se contentera de donner ici le texte de Boèce (*Consol.*, II, pr. 2), laissant au lecteur le soin de juger le monstrueux travestissement que lui fait subir Pierre de Paris, soit dans sa traduction, soit dans son exposition, relativement à Crésus et à Persée, roi de Macédoine, vaincu par Paul Émile : « Nesciebas Croesum, regem Lydorum, Cyro paulo ante formidabilem, mox deinde miserandum, rogi flammis traditum, misso caelitus imbre defensum ? Num te praeterit Paulum Persi regis a se capti calamitatibus pias impendisse lacrimas ? »

(4) *Ms.* cragedies.

(5) Cf. le texte de Boèce, *Consol.*, II, pr. 2 : « Nonne adolescentulus δύο τοὺς πίθους, τὸν μεν ἕνα κακῶν, τὸν δὲ ἕτερον καλῶν, in Jovis limine jacere didicisti ? »

jor ?... Les richesces et les hennors et toutes les choses dou Monde si sont moyes et sont mes serviciales... L'an auci si demonstre aucune foys le visage de la Terre, les flors et les fruis, et aucune foys mande les froys et les nibles. Et auci meismes la mer est acune foys en pas et en bonesse... Et certes tu devoyes bien savoir mes costumes. Et ne savoyes tu pas que je fis à Creson, qui estoit tant puissant? Certes je le mis en tel point que tuit cil qui le virent en eurent pityé, car le mis en la main de Cyropol (*sic*), qui estoit son henemi mortel, et le feis geter en .j. feuc ardant, et, se ne fust descendue la pluye dou ciel qui estainst le feuc, je l'eusse fait ardre ; et ja soit ce qu'il eschapast en tel maniere, certes je le fi morir en poverte, si que les vers li mangoient les ziaus. Et auci ne sais tu que je fi dou roy de Perse ? Certes molt sont à toutes gens qui l'oyent dire ces lermes plus pitouses que ne sont les tienes, car tu ne fus onques ensi haut come il fu, et morut par la main de ses henemis Alixandre, qui estoit .j. garson. Et nen ai je .ij. boutes ? L'une si est plaine de touz les biens, et l'autre de touz les mals. » Et ceste est l'exposition des paroles gresoises qui sont escrites en la letre.

[27b] « Come les estoyles, qui sont aparans en les estoylouses nuis, resplandent en le ciel. »

[33cd] « Por quele rayson desirrés vos estre demenés par si grant noyse de l'Aventure ? Certes je croy que vos cuidés chasser vostre besoingnance por la habondance que vos i cuidés avoir. Et certes ceste chose vos avient par contraire, car certes il vos est mestier de plusors aministremens por pooir deffendre la diversité de la preciose massarye... Et en tele maniere je voy que la condition des choses si est del tout tornee, quant il est ensi que la beste qui est devine par le merite de la rayson n'est pas veue resplendir à soy meismes, se non par la possession de la masserie. »

[34c] Les pierres precioses n'ont nulle chose en elles natureles (*sic*) par quoi elles doyvent estre desirrees des homes... L'ome coment puet estre de si grant avuegleté que il, qui est raisonable et entendable, se doive merveiller de leur beauté et cuide meaus valoir par elles quant il est paré d'elles ?

[35a] Por ce a dit la Ph[ilosophie] que les mauvaiz serjans sont .j. grant charge au seignor, volés à la mayson ; et est soventes foys henemiable au seignor.

[35c] Et certes le larron ne les esquarrans ne assaillent pas celuy qui n'a

riens, ainz va chantant le povre partout, come celuy qui est asseur... « Et maquari que nos tens retornassent orendroit en les ancienes costumes! »

[37d] Et sur ce amene la Ph[ilosophie] .j. example. Dont assaver est que .j. tyran estoit, qui fu apelé Denis, et por ses cruautés aucuns de ses barons se assemblerent ensemble et se concorderent que il le tueroyent. Et avint que toute cele traison fu annonciee à celuy tyran, et li fu dit que Euripides, .j. molt sage home et molt vertuos, y avoit esté, et il meismes avoit ordenee toute la traison. Si avint que celuy Denis fist venir devant soy Euripides, et li demanda de ceaus qui l'avoyent trahi. Il respondi qu'il ne savoyt riens. Il le menassa, et celuy dist encore qu'il ne savoyt riens. Et lors celuy cruel Denis fu esmeu et jura qu'il li feroit dire, vosist ou non, et le fist prendre et martyriser cruyelement. Et le vertuos Euripides, quant il se senti agrejé des tormens, si prist sa lengue entre ses dens, et la trencha, et la geta contre la face dou tyrant. Et quant le tyrant vi ce, si commanda que on li taillast la teste, car de là en avant il ne le pooit pluz constraindre à regehir ce qu'il li demandoit. Et en tel maniere morut Euripides. Et raconte s[aint] Ylaire, en les escris que il fist sur cest livre(1), que celuy Euripides ne morut de si faite mort, se non por ce que il avoit fait morir .j. autre en martyre à la requeste de Denis.

[38cd] En ceste part demonstrer vuet la Ph[ilosophie] par example coment les dignités et les puissances ne font pas l'ome qui est assis en elles ne puissant ne digne ne bon, mais elles le font avant feyble et non digne et mavais. Dont elle raconte en ceste part et touche la puissance que .i. empereor ot ancienement, qui fu apelés Nero. Dont assavoir est que celuy Nero estoit empereor de Rome, et seignorioit, si come les Estoyres racontent et la lettre meisme le touche, de orient en occident et de midi jusques en septentrion. Et estoit si cruel que toute sa entention n'estoit ordenee que an cruyauté. Dont il avint que il fist ocirre sa mere, car il vost veir le leuc ò il avoit esté conceu, et la fist fendre par derriere, et il meismes prist le boyau qui est apellé la mere des enfans, et se mira tornant celuy boyau entre ses mains, or dessus, or dessous. Et fu si cruyel que il ne plora onques. Et toutes voyes elle estoit molt belle feme. Et au mainz pooit il dire que il avoit maufait, et

(1) Ce prétendu « livre », où Euripide joue un si singulier rôle, m'est inconnu; cf. p. 61, n. 6.

repentir soy de ce qu'il avoit fait; mais ce fu celuy qui de riens ne se repenti ne ne s'en dolut onques le cuer. Et por ce que les sages le soloyent reprendre, si fist assembler tous les sages, et de Rome et d'entor Rome, et leur fist entendre que il voloit avoir conseill d'eaus sur .i. fait que il propos[o]it à faire. Si avint que tous les sages s'asemblerent au jour moti devant luy. Et quant il vi qu'il furent en tel maniere assemblés, si les fist prendre .i. après autre, et tailler les testes à tous, et dist qu'il ne voloit avoir nulli qui le reprist de nulle chose qu'il eust à faire. Et ensi bezilla tous les sages que il post atraper. Et por ce que il oy une foys que l'on apella son frere empereor, quant il chevauchoit, si dist se il avoit autre empereor que luy? Si fist tailler la teste à son frere. Et avint une foys qu'il estoit haut sus son palais et vi toute la cité de Rome, et li fu avis qu'elle feroit un molt beau feuc; si issy hors de Rome et comanda que chascun meist le fuec en sa mayson. Et ensi, come racontent les Estoyres, quant il fu hors de Rome et tout le pueple o luy, une voys fu oye dou Ciel, qui dist hautement : *muire, muire, muire!* Et il meismes, quant il oy la voys, prist son glaive, qui estoit tout envenimé, et tua luy meismes de ses mains.

[39d] Manifeste chose est, si come la science de l'Astronomie le demonstre, que tot le avironement de la Terre n'est au regart dou Ciel que .i. soul point. Et manifeste chose est que .i. point est molt petite espace, et est si petite qu'elle n'est pas departable. Et puis donques que toute la Terre est au regard dou Ciel auci come en la grandesse de .i. point, il s'ensuit que elle est une des plus petites parties dou Ciel. Et qui vodroit juger la espace de .i. point, il porroit bien entendre ligerement que la Terre encombre si petite espace qu'elle ne puet pluz. Et certes si petite come elle est, manifeste chose est qu'elle n'est pas de tout habitee, et non pas la quarte partie d'elle, si come Tholomé le prova. Dont assaver est que Tholomé fu .i. molt sages hom, et fu roy de Egypte, et fu plain de grant ardement, et fu home molt engingnos, dont, si come les Estoyres racontent de luy que il fist .i. engin volant par l'air, et ce (*sic*) mist dedenz cel engin, et ala si près dou firmament que il vi les roes dou Ciel et les oy et les vi clerement. Et quant il ot bien veu coment les unes roes estoyent encloses entre les autres, et coment chascune roe tornoit, et il prist à descendre, et se trova en Ynde en Terre, si come les Estoyres racontent, et s'en vint en son pais par Terre. Et c'est le philosophe qui plus

enterinement et plus clerement parle dou cors celestial sur tous les autres qui en ont parlé. Et bien le pot faire, come celuy qui l'avoit prové, si come nos avons dit par le racontement des Estoyres.

[40[a]] Or fasons raysons (*sic*) combien la mer et les boys et les desers et les flumaires encombrent, certes molt petite espasse demeure.

[41[b]] Et se lit encore de Caton, selon les Estoyres, que il meismes se envenima, et vost avant morir que failir de loyauté. Et de quel sen i[l] fu, son[1] petit livret le demonstre, que on aprent encore as enfans[2]. Et de Brutus et de Fabrice, qui vodra saver leur bontés et leur vertus et leur grant loyautés dont il furent, si lise as Estoyres rommaines[3], car toutes les conditions leurs est (*sic*) ileuques demonstree.

[42[a]] Certes nul est en doute que celle chose ne soit meillor, qui rent clere la pensee de l'home, que n'est celle qui la rent oscure. Mais manifeste chose est que quant l'ome est en prospre aventure, sa pensee est toute lyee et oscure, come de celuy qui cuide que nul ne soit son pareill et ne cuide jamais cheir.

[43[ac]] Assavoir est que Dieu est apellé par la Ph[ilosophie] en ceste part Amor[4], et est la rayson ceste, car nulle chose ne puet demorer que par amor; et ce veons nos en toutes choses. Nos savons que l'ome est sain, et n'a garde de morir tant come l'un element est acordable ovec l'autre. Donc quant une amor est ferme entre aus, et le cors où il sont est en bonne disposition. Et quant l'amor defaut entr'iaus, et le cors où il sont a corruption. Et tant puet estre la henemistié que l'un element a ovec l'autre, par la contrarieté que il ont entr'iaus, que le cors où il sont muert. Et por ce dit la Ph[ilosophie] que, se ceste amor delaisse ces frains, c'est à dire se ne fust Dieus, tout ce qui se entraime orendroit si moveroit guerre continuelment, ce est à dire que nul cors ne porroit estre... Et se ne fust ceste ferme lyance que Dieus a ordenee, les elemens si dehlieroient la machine, c'est à dire leur pesantume, car il sont assis en les cornes de la Lune, chascun en son corne; et si

(1) *Ms.* sont.

(2) La confusion de Denis Caton, auteur des fameux *Distiques moraux*, avec Caton d'Utique est courante au moyen âge.

(3) Ces *Estoyres romaines* visées par notre auteur sont peut-être le *Liber Ystoriarum Romanarum* signalé par le professeur E. Monaci dans l'*Archivio della R. Soc. Rom. di Storia patria*, t. XII (Rome, 1889), p. 127 et suiv.

(4) *Consol.*, II, metr. 8.

creissent et apetissent selonc la disposition dou tens. Et tant est leur contrarieté, que l'un a encontre l'autre, que quant l'un croist et l'autre croist ausi. Et por ce veons nos que quant le tens est pluos, au tens des tonnierres, le fuec, qui est del tout contraire à l'aigue, si croist por ce que il voit que l'aigue croist; si ist l'un et l'autre hors de son tour, et de ce vient le tonnierre, car l'aigue treuve le fuec, si le resteint. Et por ce que nous trespasseriens la matiere se nos demonstreens coment il sont ordenés et por quele rayson il sont es cornes de la Lune et non pas en autre leuc, et coment la generation et la corruption se font par yaus, et nous ne determinons riens de tout ce. Dont souffize soulement de retenir de tout ce que nos avons dit, c'est assaver que les elemens sont contraires et font .i. cors par une lyance d'amor que il ont entr'iaus, et ceste lyance a ordenee Dieus qui gouverne toutes choses... Et dit encore la Ph[ilosophie] que ceste amor qui governe toutes choses si tient les sains pueplez joins ensemble par une ferme lyance; et de entendre est que par les s[ains] pueples sont entendus les sains angeles et toutes les creatures celestiales, les queles sont toutes de une amor et de une aliance et de une volenté, et ceste amor est enseree entr'iaus par l'amor de Dieu qui court ygaument entr'iaus. Et c'est ce que la Ph[ilosophie] a dit en les autres .ii. vers ensuians. Et por ce que home et feme que sont joins par mariage ensemble sont une char selonc nostre creance et selonc Nature. Car de entendre n'est pas que Dieus feist onques nulle chose contre Nature. Et ce demonstrer ne volons nos pas orendroit, car nos trespasseriens la matiere. Et d'autre part qui la vodra veir soffizaument, si lize en le livre que nos foymes en Chipre au seig[nor] de Sur[1], car elle est ileuques soffizaument determinee avec toutes les contrarietés qui peuent estre aleguees. Enpor toutes ces raysons nos nen determinons orendreit de riens. Mais toutes voyes tant soit tenu de cele amor qui est en le s[aint] mariage, si engendre .i. char entre l'ome et la feme, et cele amor est illeuques enlassiee par celle amor qui enlasse toutes les choses.

[43^cd-44^a] Se tous les homes fussent de une volenté ferme envers Dieu, ensi come sont toutes les creatures celestiales, l'on porroit dire certainement

[1] Ouvrage perdu; voir ci-dessus, p. 30-31; cf. le ms. 42 de Nice, fol. 117^b : «Et qui predicta sufficienter videre voluerit, legat librum quem fecimus in Cipro domino Tyrio, et ibi omnes contrarietates que possunt in contrarium allegari solvuntur.»

que toute la generation humaine seroit beneuree, et por encore greingnor beneurté que ne sont les creatures celestiales, de tant come la generation humaine est plus noble creature que les creatures celestiaus ne sont, come celle qui est semblable à son Creator. Et ce puet[1] l'on demonstrer molt clerement. Manifeste chose est que la substance de la Deyté est une chose neent-departable, et est representee en .iij. persones, et ce est la proprieté dou Creator. Et certes manifeste chose est que ceste similitude est trovee en l'ome; et de ce nul est en doute, se il n'est hors dou sens. Nos veons que l'arme humaine est une, de une substance nient-departable. Et ceste arme est representee en .iij. puissances diverses, si come est la ymaginative, et la raysonable, et la entendable. Certes manifeste chose est que ses .iij. puissances sont diverses, car autre est la ymagination, et autre est la rayson, et autre est l'entendement. Et une substance est de toutes ces .iij. puissances, si come est l'arme, ne .iij. armes ne sont pas en l'ome, mais une tant seulement, laquele est representee par ces .iij. puissances. Et ja soit ce que aucune puissance de ces .iij. se treuve en les bestes mues, si come est la ymaginative, certes se n'est nul inconvenient se .i. des puissances de l'arme est jointe à une autre nature diverse. Mais ce seroit trop grant inconvenient se la substance de l'arme humaine seroit jointe à une autre nature que à la nature humaine. Et por ce disons nos, selonc nostre foy, que persones (*sic*) de Dieu, c'est assavoir la persone dou Fis, et non pas la substance de Dieu, certes ce fu cele qui prist char en la Verge, car se la substance de Dieu fis eust pris char, il s'ensuiroit auci que Dieu le Pere et le S[aint] Esperit seroit encharnés, puisque la substance de Dieu est une, nient departable, representee en tres persones. Et puis donques que le Fis de Dieu prist char tant seulement, il s'ensuit que sa persone fu cele qui prist char, et non pas sa substance. Et par une meisme semblance puet l'en dire que la puissance ymaginative, sans nulle substance de l'arme, puet estre trovee en autre nature que en la nature humaine... Et depuis que ceste chose est covenant en le Creator, certes et il s'ensuit que l'ome est formé à la semblance dou Creator. Et se le Creator est plus noble que ne sont les creatures, il s'ensuit par vive rayson que l'ome est la plus noble creature de toutes les creatures. Ne ceste

[1] *Ms.* puent.

rayson ne touche pas la Ph[ilosophie] en la lettre; mais nos l'avons demonstre[e] à ce que la rayson soit veue clerement, que l'ome est la plus noble creature de toutes. Et por ce que l'ome est la plus noble creature de totes les creatures, et l'en seut demander por coi l'ome n'est en Ciel habitant, auci come sont les angles et les autres creatures celestiaus. Et de ceste question nos n'en determinons orendroit riens, car nos la toucherons en le procès de cest livre, quant leuc et tens sera [(1)].

[45[c]] « Manifeste chose est que les biens dou cors sont raportés as choses soveraines, car la force et la grandesse sont veues prester aucune puissance, et la bellesse et la ynelté si sont veues prester aucune clarté, et la joyouseté est veue prester aucun delit. »

[45[d]] « Auci come est le ivroygne, qui ne conoist par quel voyage il torne à sa mayson. . . Mais certes il n'i a aucune autre chose qui puisse faire igaument la beneurté, que seulement celuy estat qui est copios de tous les biens. »

[46[d]-47[a]] Manifeste chose est que le papegay chante molt doucement en les boys [(2)] et en les forès, quant il i est. Et sovent avient que l'on le prent et l'on le demesche et le tient l'en en serre es cages et le paist l'on doucement et de viandes et de boyvres. Et se il avient par aucune aventure que il monte sur la coverture estroite, c'est à dire sur celuy baston qui est à travers de sa cage, et voye aucuns arbres, si come il est acostumés en les forest (*sic*), il prent toute sa viande qui sera devant luy et l'espant à ses piés, et sospire, selonc sa nature, les boys [(3)] que il voit, et li sovient des biaux ombres des boys [(4)] où il a esté nés.

[50[c]] A ce demonstrer, touche la Ph[ilosophie] une chose que fist .i. tyran, dont assavoir est que .i. tyran fu, qui fu apellé Denis; et encore fust il cruel, toutes voyes il estoit assez sages et bien porvoyables en ses afaires. Dont il avint que .i. home qui estoit apelés Xerxes [(5)], si come saint Ylaire raconte [(6)], si vint une foys devant Denis et le juga à .i. des plus beneurés dou monde, car sains faille molt estoit puissant. Et lors celuy Denis, come sage, prist celuy Xerces et le fist seir en son siege, et par dessus luy pendi une espee molt ague à .i. petit filet, si que celuy s'il fust tout par aucune aven-

(1) Cf. ci-dessous, p. 64.

(2) *Ms.* boyaus.

(3) *Ms.* boyas.

(4) *Ms.* boyaus.

(5) *Ms.* xerceco.

(6) Cf. ci-dessus, p. 56, note.

ture, et l'espee fust cheue droitement sur la teste de celuy Xerses. Et quant Denis l'ot tenu en tele manicre une bone hore dou jor, il demanda à Xerses, qui estoit dessous l'espee, là où il avoit grant paor de la mort, come celuy qui cuidoit qu'elle li fust molt procbeine, si le aresna et li demanda coment li estoit et se il estoit beneuré ou non. Et Xerses li respondi que il n'estoit pas certes beneuré, ains estoit molt maleuré, come celuy qui veoit que sa mort le hastoit et le menassoit de près. Et lors celuy Denis li dist que ensi estoit le semblable de luy, car auci come il veoit sa mort de près, tout auci il veoit la siene, car ja soit ce que il estoit seig[nor] de plusors, certes il avoit paor de ceaus qu'il seignorioit, et quele puissance est cele de celuy qui a paor de ceaus que il seignorie?

[50[cd]] Dont elle [la Philosophie] raconte coment Nero fist ocirre Seneque, qui estoit son maistre et son ami sur tous autres sanz faille. Nero li fist tant de grace que, quant i[l] l'ot jugié à mort, et il li dona arbitre de pooir eslirre la mort [de] la quele il vosist morir. Ne nulle chose ne le post garentir là où il s'en voloit partir dou paiz à tous jors mais, sanz retorner, et totes ses richesses voloit doner à Nero. Et tout ce ne le post sauver, que morir ne li covenist. Et lors le vertuos Seneca, quant il vit que morir li covenoit, il se fist metre en .i. baing et se fist s[a]igner des .ii. bras; et ensi feni sa vie.

[51[a]] « Mais la gloire come granment elle est decevable, et come granment elle est soventes foys souillee! Por la quel rayson Tragicus [(1)] ne se escrie pas à tort [(2)] : [*Suit un blanc pour le texte grec, lequel n'a pas été transcrit*]. »

[51[bc]] *Exposition*... Dont la Ph[ilosophie] raconte .i. proverbe que .i. sage home, qui estoit apelés Tragicus, disoit. Dont assavoir est que celuy Tragicus disoit touz jors, quant il veoit aucun qui le glorefioit en avoir aucune renomee, et crioit à haute voys en gregois : *Doxa doxa apoticonto consmon efqueresse apou ola cala.* Les queles paroles sont entrepretees ensi : « La gloire de cest Monde si est vuide de tous biens [(3)]. »

(1) Pierre de Paris a pris, ici et plus loin, le nom commun «tragicus» pour un nom propre: en réalité, il s'agit du poète tragique Euripide.

(2) *Ms.* escriue pas a cort.

(3) Dans l'impossibilité de restituer le texte grec, tel que Pierre de Paris a pu vouloir le citer, nous nous bornons à rappeler que Boèce cite ici (III, pr. 6) les vers 319-320 de l'*Andromaque* d'Euripide :

Ὦ δόξα, δόξα, μυρίοισι δὴ βροτῶν,
Οὐδὲν γεγῶσι ὄγκον ὤγκωσας μέγαν.

[52^b] « Je loe molt la sentence de mon Euripides, qui dist le defaillant des anfans par aucune male aventure estre beneuré. » — *Exposition*. . . Dont il y ot .i. philosophe, qui ot nom Euripides, qui dist, en une soe sentence, que celuy estoit beneuré qui n'avoit nuls enfans.

[52^c] « Et tout le delit est ygal as abeillez volans. . . » — *Exposition*. . . Manifeste chose est que le delit corporel puet selonc rayson estre comparé as beilles (*sic*), quar nos veons que les abeylles donent le miel, et puis poinent de leur aguillon leur seignor ou quelque (*sic*) autres qu'elles treuvent.

[52^d] « Porrés vos sormonter les olyphans par pesanture et les tygres par ysneleté? Regardés l'espace dou Ciel et sa fermesse et sa ysneleté. . . Et certes il est de une forme resplendissable, et est ravissable, si come il est ysnel, et est pluz fuyable que n'est la remuableté des flors de la vere. Et certes se il fust ensi come Aristote dit, que les homes usassent des ziaus de lins, à ce que lor veue persast les choses contrestans, et ne seroit le tres biau cors Alci[bi]adis jugé por tres lait quant les entrailles seroyent dedens regardees? »

[53^cd] *Exposition*. . . La Ph[ilosophie] fait ceste rayson et dit ensi : « Clere chose est que une beste qui a nom linz, et en autre francois est apelee *loup cervier,* ceste beste si voyt molt cler, car, si come nos lisons, elle voyt outre une montaingne. Or fust ensi que l'ome eust tés ziaus si persans come sont les ziaus de cele beste, car il ne savroit ja tant estre paré ne aorné que ses boyaus et la pullentie qui est dedens le cors ne aparust si bien come apert le visage. Et se il fust ensi, que les homes eussent tés ziaus, nul ne savroit estre si bel que il ne sembleroit estre molt lait. » Dont assaver est que la Ph[ilosophie] raconte en ceste part .i. estoyre [1], c'est assaver que une feme fu qui ot nom

[1] Le fond de cette curieuse histoire, très populaire au moyen âge, a fourni au trouvère Henri d'Andeli le sujet de son *Lai d'Aristote*, publié plusieurs fois, mais dont il reste à établir un texte critique (voir *Romania*, XI, 139; XXI, 139; XXX, 631). Aux versions connues depuis longtemps, il faut ajouter une courte rédaction latine, qui figure dans un recueil d'exemples compilé en Provence à la fin du XIIIe siècle (voir L. Delisle, dans *Hist. litt. de la France*, XXXI, 53). Ce qui est propre à Pierre de Paris, c'est d'avoir attribué le nom d'Alcibiade à la maîtresse d'Alexandre, car ce n'est pas lui qui a pris le premier Alcibiade pour une femme, montrant ainsi la voie à François Villon lequel, dans une célèbre ballade, associe « Archipiades » et Thaïs (voir un mémoire de M. Ernest Langlois, intitulé : « Archipiada », dans *Mélanges de philol. romane dédiés à Carl Wahlund* [Mâcon, 1896], pp. 173-179). Le texte latin du ms. de Nice (fol. 129^ab), calqué maladroitement sur le texte français,

Alchi[bi]adis, et fu molt belle, car elle passoit à son vivant toutes femes de biauté. Et estoit celle Alchi[bi]adis amie de Alixandre. Si avint que Aristote entreprist Alixandre son desciple, et Alixandre si le dist à s'amie Alci[bi]adis, si qu'elle se pensa de decevoir Aristote, si vint une matinee près de une tour où Aristote estudioit; et estoit cele tour assize en une belle praerie. Si vint cele Alci[bi]adis au pié de la tour, et comensa à chanter à haute voys molt serie et belle et clere, come cele qui chantoit plus cler et meaus que nulle autre feme. Et quant A[ristote] l'oy chanter, si se assit à la fenestre, et là regarda amont et aval, et ne vit nulluy que celle feme, qui si bien chantoit et seri, si fu enflambé de l'amor de cele feme, si descendi de la tor et la requist. Cele se fi [*sic*] la dangerose, et en la fin li promist et li assena terme à l'endemain. Et A[ristote] la layssa atant, et fu molt lyés dou terme qu'elle li avoit assené. Lors elle se parti et vint à son ami Alixandre, et li reconta tout ce qu'elle avoit fait. L'endemain se leva cele Alci[bi]adis, et vint à la tour, et porta ovec elle .i. frayn et une selle, et fist Alexandre mucier dedens .i. arbre crois, qui estoit pres d'ileuc; et elle comensa à chanter. Tantost Aristote saylli et descendi de son estude aval la tour, et comensa à prier la dite Alci[bi]adis. Elle li respondi que, se il voloit chevaucher sur elle, qe il covenoit qu'elle le chevauchast avant et li meist le frayn à la bouche et la selle sur le dos. Celuy, qui estoit eschaufé, l'otroya et consenti. Elle tantost l'enfrena et l'ensella, et puis li monta dessus. Et il chaitif estoit à .iiij. piés, auci come une beste mue. Et lors sailly avant Alixandre, et escria et reprist son maistre A[ristote]. Et se il fu vergoingnos, nus ne le doit demander; et revint lors meismes en sa rayson, come home vertuos qu'il estoit, et dist ceste parole, que touche la Ph[ilosophie] en ceste part, si la dist molt vertuosement : « Certes, dist il, se je eusse eu les ziaus de lins, je n'eusse pas esté surpris ne enflambé de s'amor, car je eusse veu l'ordure qui est dedens son cors. » Et c'est ce que la Ph[ilosophie] raconte en ceste part.

[59^{abc}] Et se aucun vodroit demander por quoy home n'est habitant au Ciel, come cil qui est la plus noble creature, quar il semble qu'il devroit etre assis au pluz noble leuc, à ce puet l'on dire que Dieus fist l'ome des .iiij.

ne mérite pas d'être publié. Notons seulement qu'il débute ainsi : « Fuit quedam mulier pulcerima que vocabatur *Alcibias*... », ce qui nous autorise à admettre que la forme *Alciadis* ou *Alchiadis*, donnée par le manuscrit de Rome, est une faute de copiste.

elemens, et les .iiij. elemens n'ont nul leuc au Ciel, quar nulle creature n'est ordenee des .iiij. elemens, que celes qui sont dessoz la Lune, et par ceste rayson le cors de l'home est habitant en Terre, et l'arme de l'home, par la quele l'home est dit home, si est cree[e] en Ciel, et en tele maniere il participe et seignorie sur toutes choses, et celestiaus et terrienes, et desert la gloire par son merite, quar il la gaaingne par sa vertu et par les biens des quels il use. Et come se soit chose que l'ome ne fu fait que [por] ramplir les sieges qui estoyent vuides por la greingnor confusion dou Deable qui perdi le lieu celestiau qui li estoit otroyé par grace, si vost faire Dieus une creature en demonstrant la grace que il avoit faite à l'angle, si fist home, au quel il a otroyé le leuc de l'angle, non[1] pas par grace, mais par merite. Et de ce ne doit nus estre en doute, car nul angle n'est en Ciel qui deserve si bien le leuc celestiau come fait l'arme qui puet monter au Ciel. Et de ce il apert clerement que l'ome, en considerant la confusion dou Deable, ne dut pas estre creé au Ciel. Et de ce que nos avons dit que sur la Lune les elemens n'ont nus (*sic*) leuc, aucun porroit dire que par ces paroles il semble que le cors de l'home ne doit pas après la resurrection monter au Ciel, nos à ce disons que nos paroles doyvent estre ensi entendues, que les choses au Ciel ne vienent pas par generation, mais toutes les substances qui sont au Ciel si furent formees sans nul cors de l'encomencement, ne nules ne s'enforment de novel, sauve les armes des homes que le Creator forme chascun jor et les mande en nos cors quand il sont formés de tous les membres, si come nos avons dit et demonstré par plusors foys ci dessus[2]. Et ensi doyvent estre entendues toutes les paroles que nous avons mises ci dessus. Ne il ne s'ensuit pas, por ce, que nos cors, quant l'arme revendra en eaus, que il ne montent au Ciel sans nul empeschement, come ceaus qui seront dou tout purfiés[3] et seront nient mortels, car[4] autretant sera de l'un element come de l'autre à cele foys en nos cors. Dont assaver est que quant le cors muert, chascun element retorne à son estre, si come le fuec au fuec, et l'aygue à l'aygue, et la terre à la terre, et l'ayr à l'ayr; et ileuques se purge chascun element. Et quant l'arme retornera au cors, et elle reprendra proprement tous ses elemens en char purfiés[5], et sera cele

[1] *Ms.* nos. — [2] Cf. ci-dessus, p. 50. — [3] *Ms.* pfies, *avec le signe abréviatif de* er *au-dessus du* p. — [4] *Ms.* caur. — [5] *Ms.* pfies, *comme plus haut.*

IMPRIMERIE NATIONALE.

conjoncion nient departable, car l'arme sera jointe ovec le cors, qui sera pur et net auci come l'arme, sy ne si (*sic*) porra depuis departir de celuy cors.

[64ᵈ-65ᵃ] En ceste part vuet la Ph[ilosophie] demonstrer par vive rayson coment touz biens vienent de Dieu, et, briement, elle ne fait que une soule rayson, et est tele : « Manifeste chose est que toute la conoissance qui est en nos si est par la rayson de nostre arme, car nostre arme est cele qui nos esmeut à toutes conoissances de bien. Et come soit chose que les armes qui sont en nos soyent descendues du Ciel et formees dou Creator, il s'ensuit que toute la conoissance qui est en elle[s] si vient de laissus. Dont Platon dist que nostre aprendre n'est autre chose que recorder, car l'arme depuis que elle est formee dou Creator et au Ciel, il s'ensuit par vive rayson que elle est en sa creation enformee en toute vérité, et est sachant et conoissant en toutes choses; mais quant elle vient saval, por les torbations qu'elle voyt en cest[1] Monde, si avient que elle oblie en Terre tout ce qu'elle savoit au Ciel. Et por ce dit Platon que nos recordons ce que nos avons autre foys seu. » Et de ceste sentence nul n'est encontre, ne philosophe ne sainte Escriture. Et ce puet l'en demonstrer par Aristote, qui vost, au comensement de .i. sien livre apelé le *Livre des Derreniers,* c'est à entendre que toutes les doctrines et toutes les sciences sont faites de une conoissance de devant. Et à ce meismes se acorda Syceron et Socrates. Et, briement, nul philosophe n'est contre ceste sentence, et la s[ainte] Escriture meismes s'i acorde. Et ce lisons nos de s[aint] Pol, qui dist que nul ne monte au Ciel, qui n'est descendu dou Ciel.

[66ᵃ] « Cele chose si est la forme de la devine substance, à ce qu'elle n'estoit pas prolongee en nulles choses estranges, ne cele forme de la divine substance ne prent nulle chose estrange en soy. Dont il est ensi de cele forme, si come Carparmentes[2] dist : [*Suit un blanc pour le texte grec*]. »

[67ᵃ] Dont assavoir est que la Ph[ilosophie] touche en ceste partie coment les Jeans, si come furent les pueples de Esbron, qui tous se assemblerent ensemble et se penserent d'avenir au ciel, si encomencierent, selonc ce que l'on lit en les Estoyres, une tor; et lors quant il [l']orent molt haute levee et

[1] *Ms.* ceste. — [2] Il s'agit de Parménide, dont le nom a subi une altération encore plus forte dans le commentaire, ci-dessous, p. 69.

de grosses pierres, Dieus si envoya une grieve foudre et l'anfoudra[1], si qu'elle trebucha del tout en .i. cop se que il avoient fait en .i. demi an. Et ceaus fos, veant ce que lor estoit avenu, si come ceaus qui cuidoient contre la volenté de Dieu aler au Ciel, si recomensierent derrechief la tor plus forte et plus large. Et quant il orent un[e] autre demi anee travaillé, et Dieus par .i. fodre qu'il envoya si le trebucha arriere. Ceaus fos, voyant que il leur estoit ensi avenu, si come fos et orguillos, recomensierent derrechief leur tor, et assés pluz fort et greingnor la firent. Et quant il eurent bien travaillé autre demi an, et Dieus la tierse foys si remanda la foudre, et cele foudre ne post nen nuyre à cele tor; et tantost rema[n]da une autre foudre, la quele auci ne post nuyre; et derrechief envoya la tierce foudre, et por cele autre foudre la tour ne se remua. Et lors cessa Dieu, et ne leur envoya puis nulle foudre; et lors cil fos cuiderent que Dieus eust fait tot son pooir, et distrent que de là en avant il pooyent seurement masoner, si se mistrent à ovrer leur tor. Et tant laborerent haut que, selonc que les Estoyres racontent, qui portoit la chaus ou l'aigue au labor contremont, si demoroit[2] d'erreure .i. mois. Et lors Dieus tout puissant si les degaba, car celuy qui demandoit l'aigue, l'en li portoit la chaus, et qui demandoit chaus, l'on li donoit pierres; si parloyent les uns as autres et l'un[3] nen entendoit pas ce que l'autre disoit. Et ensi, vosissent ou non, leur covint laiss[ier] leur euvre...

[67^{b}] Et aucuns porroit estre en doute de ce que nos avons dit, c'est assavoir que Dieus les foudres .iij. foys envoya sur la tour, et ne leur fist riens; si porroit aucun dire que la foudre de Dieu n'estoit pas de si grant pooir que elle peust trabuchier cele tour, laquele chose est felonesse à dire de Dieu, come soit chose que Dieus puisse toutes choses faire. Et à ce puet l'on respondre que Dieus n'envoya pas cele foudre por foudrer les, maiz por plus apparoir leur folie, car por nulle foudre il ne se voloyent delaiss[ier] de lor folie que il avoient encomensiee. Et ensi Dieu, voillant qu'il en la fin se trovassent deceus et engingnés de leur felonesse volenté, si les laissa bien travailler. Et puis se troverent deceus en ensi faite maniere que l'un ne savoit parler ovec l'autre, si covint que il partissent de l'euvre, et non pas de l'euvre tant seulement, mais ensement l'un de l'autre, car l'un ne pooit converser

[1] *Ms.* anfondra. — [2] *Ms.* demorroit. — [3] *Ms.* len.

ovec l'autre, come soit chose que l'un n'entendoit de riens se que l'autre disoit. Et illeuques furent trove[e]s les .LXXII. lengues.

[67cd] Bo[ece] vuet dire, par ce que il dit qu'elle [la Philosophie] l'a mis au Laberint, qu'il est entrés en plusors doutances, des queles il ne puet par lui soul issir se elle ne l'ayde à issir dehors. Et ja soit ce que il ne raconte pas le Laberint en lequel il est entré, nos esmoverons orendroit une doutance qui sourt des choses dessus dites, ne nos ne la esmoverions pas orendroit se elle fust autre part esmeue en cest livre. Et por ce que toutes les autres doutanses sont esmeues en avant en cest livre et sont del tout esclarzies, et ceste non, et nos cuidons que il soit profit d'esmovoir la et de esclarsir la, à ce que le corage dou lissor (*sic*) soit en repos. La doutance est ceste : Manifeste chose est que tuit croyent, clers et lais, que nul n'est condampné que por le mal que il fait; et depuis donques que le mal est nient, si come l'en a orendroit dit, ores il semble dons (*sic*) que l'ome soit condampnés por droit riens. Et à ce puet l'on respondre briement que l'ome n'est pas condampnés por nul mal, dont le mal n'est pas cele chose qui mene l'ome à perdition, ains est sa volenté, et por ce avons nos dit que l'ome est jugié selonc sa entencion et selonc sa foy, car nos lisons que plusors ont esté maufaitors et larrons et murtriers, et toutes voyes en faizant les maus il ont esté sauvez. Et ce trovons nos en la *Vie des Peres* (1) : L'on raconte que un larron estoit qui ocioit tous ceaus qu'il pooit ataindre, et vint .i. jor à .i. saint heremite. Et l'ermite, quant il ot oy tant de mals de celuy mavais, il se douta de doner li grant penance; et d'autre part celuy felon li dist que il ne se pooit tenir d'ocirre ne d'embler, si que l'ermite li dona en penance que il ne deust nul home ocirre quant il orroit la tablete soner; si avint que le larron li otroya, et revint en son repaire et layssa l'ermite en son hermitage. Et tolloit et tuoit auci come il avoit onques fait, sauve à cele hore que il ooit la tablete. Si avint une foys que il asailly .i. mercheant, et quant il [l']ot assailly et la bataile estoit entre aus .ij., lors avint que la tablete (2) sona; et celuy maufaitor l'oy et laissa la bataille et ne mist nul conroy en soy defendre; et le marchant cuida que celuy fust vencu et si l'enchassa; il s'enfoy, et, en fuyant, le marcheant l'ocist. L'ermite si vi en celuy point l'arme dou

(1) Il m'a été impossible de trouver la source exacte de ce récit, les divers recueils intitulés *Vies des Pères* n'étant pas facilement accessibles; cf. G. Paris, *Litt. franç. au moyen âge*, 5e éd. (Paris, 1914), § 145.

(2) *Ms.* tableta.

malfaitor que les angles portoient droytement au ciel; et sur ce se merveilla molt l'ermite et se despera et dist que il avoit .xxx. ans et plus esté en l'ermitage [et] n'avoit pas encore veu nulle grace que Dieu li eust faite en ensi grant tens come il avoit esté et demoré en penanse; si se parti del hermitage et fu condampné, et le larron fu sauvé, qui faizoit les mavaises euvres. Et certes plusors autres examples porroient estre demonstrés, mais cestuy soffit à prover nostre entencion, par quoy il apert clerement que le mal que l'on fait n'est pas la chose qui mene l'ome à condempnation, ains est la volenté, quant elle s'encline à autre part qu'elle ne doit.

[68^{a}] Dont elle [la Philosophie] conclut... que la forme de la devine substance si est ceste, c'est assavoir que elle ne ressoit en soy nulle chose estrange, come cele qui est pure et nette; et est ensi de la forme de Dieu, come .i. philosophe dist, qui fu apelés Tarparementes[1], qui disoit en gregois : *Enfisy tou theou ene tatati*[2]. Lesqueles paroles sont entrepretees ensi : « La nature de Dieu est pure et nete, et n'a en soy nulle (*sic*) mehlement. »

[68^{bd}] *Exposition.* En ceste part s'esforce la Ph[ilosophie], par une hystoire que elle raconte, [demonstrer] que tous cyaus qui entendent en tés choses terriennes si sont avuegles, et de eaus meismes se avueglent, ja soit ce que il en ayent tous leur entendemens. Dont la Ph[ilosophie] raconte por ceste rayson une ystoire tele :

L'an raconte en les Fablez que .i. home fu qui estoit apelés Orpheus, et estoit fis de une deesse qui estoit grant enchanteresse, et estoit apelle[e] cele deesse Caliopes. Cele Caliopes si habitoit après de unes fontaynes molt delitables, si enseingna celuy Orpheus, son fis, à soner; et devint .i. des biaus sone[o]rs dou monde. Et, si come l'en raconte es Estoyres, il sonoit si delitablement que les arbres à son soner dansoyent et s'esmovoyent et tripoyent, et les aigues se arestoyent, et les lyons si estoyent après les sers, et le[s] chiens pres des lievres, et n'avoyent talent de faire lor mal por la dousor dou son que il ooyent, tant savoit doucement soner. Si avint que sa feme se corrosa à luy, et tant murent les rancures de l'.i. à l'autre que il la feri et l'ocist. Et[3], quant

(1) *Ms.* tarpeñmtes. Il s'agit de Parménide; cf. ci-dessus, p. 66.

(2) C'est-à-dire : ἐν φύσει τοῦ θεοῦ... (la fin est obscure). Mais les paroles de Parménide citées par Boèce (*Consol.*, III, pr. 12) sont toutes différentes : πάντοθεν ἐγκύκλου σφαίρης ἐναλίγκιον ὄγκῳ.

(3) *Ms.* si.

il l'ot tuee, une doulor crut en son cuer si grant que il ne pooit reposer, et mist en son cuer que en toutes guises il iroit querre en Enfer sa feme, car illeuc savoit il fermement que elle y estoit; si prist sa vielle et la atempra molt bien, et tant fist que il vint à la porte d'Enfer, et illeuc trova Cerberus, qui estoit le portier d'Enfer; et assavoir est que cestuy Cerberus avoit .iij. testes. Et tant sona celuy Orpheus devant Cerberus que il le laissa entrer dedens Enfer, et lors tous si s'assemblerent, et Tezifone[1] et Tantalus et la roue. Et assavoir est (et de savoir est) que Thesiphone est une furiosité d'Enfer, et Allecto[2] auci .i. autre, et cestes sont les deesses que la Ph[ilosophie] raconte en les vers, desqueles elle dit que elles sont vangerreses des maus, car ce sont elles qui tousjors sont alumans le fuec. Et Tantalus si est .i. deable qui est en l'aigue jusques à la bouche; et quant il vuet boyre, et l'aigue s'en fuit; et par dessus jusques à son nés pendent les fruis, et quant il se auce, et les fruis se haucent; et en cel leuc sont mis tuit li riche avares, et les tormente celuy Tantalus. Et une autre roe y a en Enfer, qui torne la teste Ixioniene, dont assavoir est que Ixio fu .i. roy molt cruel et molt mavais home et ocior de gens, et por ce il est mis en cele roe, laquele est plaine de raseors, et illeuc sont tormentés tuit li homecide. Or dit la Fable que quant celuy Orpheus fu dedens Enfer et il comensa à soner, tous ceaus que nos avons orendroit amenteus, c'est assavoir Tesiphone et Alletus (*sic*) et Tantalus et la roe et tous les autres officiaus d'Enfer, si se aresterent et laissierent leur offices. Et tant sona devant eaus que le seignor d'Enfer dist qu'il estoyent vancus por les dousors dou ditié que celuy avoit fait; si disent tous ensemble que celuy avoit bien guaingné sa feme, si li rendirent par .i. tel covenant que jamais il ne verroyt des ziaus et seroit tous tens avuegle. Et il si prist sa femme par celuy covenant; et estoit apelee Urrices (*sic*). Et de tout ce vuet dire la Ph[ilosophie] que tous ceaus qui donent leur entente es choses terrienes, certes les choses terrienes meismes les avueglent là où elles font son comandement et obeissent dou tout à luy, ensi come il firent à celuy Orpheus.

[69[d]] L'en raconte es Fablez que Jupiter ama une pucelle qui fu apelee Yo, et tant fist que il l'ot. Juno, qui estoit la feme de Jupiter, si le sot et descendi dou Ciel; et, en son dessendre, le Ciel oscursi. Jupiter, qui estoit

[1] *Ms., add. marginale,* tezifozie. — [2] *Ms.* alleico.

en Terre, voyant les nues oscursir, se pensa que ce estoit sa feme Juno qui descendoit dou Ciel; et lors, por peor que il oit de Juno, si transmua cele Yo en une vache. Juno vint et trova cele vache pres de Jupiter, si li demanda qui estoit cele vache. Il respondi qu'il l'avoit trovee en cele praerie. Elle dist qu'elle la voloit aver, et Jupiter dist qu'elle la deust prendre. Juno prist la vache et la bailla à Argus à garder. Cestuy Argus avoit .c. euils, et des .l. tousjors dormoit, quant il voloit dormir, et des autres .l. veilloit. Quant Argus ot gardé cele vache .i. grant tens par le comandement Juno, Jupiter en ot pitié et comanda à Mercurius qu'il deust descendre dou Ciel et deust delivrer des mains d'Argus Yo, et la feist revenir en sa premiere forme. Mercurius prist ses elles, et prist une verge qui estoit de tel vertu que quiconques estoit feru, si dormoit et ne se pooit de puis esveiller; et prist .i. chapiau de fiautre en sa teste, et prist son chalemiau, et en ensi faite guise descendi dou Ciel. Et quant il fu en Terre, si mist le chapiau hors de sa teste et osta ses pennes, et vint là où Argus estoit, et tant chalemela que il l'endormi, et lors le feri de la verge, que fermement l'endormi, et puis li tailla la teste et geta la teste contre une roche; et de celuy sanc issirent hors les singes, si come les Hystoires fableresses le recontent. Et dient les Fables que celuy Mercurius fait descendre dou Ciel la gelee, et c'est ce que la Ph[ilosophie] touche en le .XI. vers et le .XII. Et por ce que par la influence de une estoyle, qui est molt resplendissable et qui blanchoie, vient le froit en les terres, si veut dire la Ph[ilosophie] que auci [come] celuy Mercurius est au Ciel et est guyor de cele estoile, tout auci et celuy qui vodra aler en Ciel si avra belles pennes et cleres et nettes et molt ligeres, par les queles il porra voler jusques au Ciel.

[73ᵇ] *Exposition.* En ceste part raconte la Ph[ilosophie] une estoyre que l'en lit es Fables, et est ceste :

L'on doit savoir, selonc ce que nos lisons es Fables, que une feme fu qui fu apelee Archades[1], et fu fille dou Solaill, et habitoit en une ihle qui est apelee Cie[2]. Et estoit cele Archades molt sage et molt conoissant, et sur toutes

[1] L'origine de ce nom appliqué à l'enchanteresse Circé m'échappe complètement.

[2] Par *Cie*, Pierre de Paris paraît avoir en vue l'île de Chio; mais ce nom de *Cie* doit provenir d'une fausse lecture du nom d'*Aea*, en Colchide, où une tradition mythologique place la résidence de Circé.

choses elle savoit la vertu de toutes les herbes. Si raconte la Fable que cele feme muoit en bestes tous ceaus qui venoient en cele ihle. Si avint une foys que .i. duc qui estoit apelé Narcien[1], si venoit dou siege de Troye, et arriva à cele ihle où Archades estoit, et avoit cel duc grant navie en (*sic*)[2] soy; si avint que cele feme les resut et dona à boyvre à chascun .i. bevrage, dont aucuns furent mués en cers, et aucuns en sengliers, et aucuns en motons, et aucuns en loups, et autres en tygres, et autres en lievres, et autres en ahnes, et en si faite maniere furent trestous transmués en bestes, sauve le duc, car la dame le vi bel home, si s'enamora de luy et le tint o soy, vosist o non, por son ami. Or racontent les Fablez que les uns, quant il furent tous transmués, si se partirent des autres, et se porchassoit chascun de sa vie et de son repaire où il poist repairer, selonc ce que apartenoit à la nature dont il estoit transmué. Or dit la Ph[ilosophie] ceste part que, ja soit ce que cyaus estoient transmués en bestes et avoyent del tout perdue la forme humaine, toutes voyes il s'entreconoissoyent por homes et nul ne avoit perdue sa pensee. Et de tout ce la Ph[ilosophie] vuet dire que la pensee de l'home ne puet estre transmuee si come puet le cors.

[76b] « Et je li dis : « Et maquari que eaus ne le peussent faire ! »

[77ab] En ceste part la Ph[ilosophie] s'esforce à demonstrer la maniere dou governement dou Monde. Et por ce que toutes ces choses mondaines sont demenees et constraintes par la purté de la Providence et par Destinee et par Cas et par le franc arbitre, et la Ph[ilosophie], taisant soy orendroit dou peoir dou franc arbitre, si demonstre en ceste premiere part quele chose est Providence, et quelle chose est Destinee, et ja soit que la lettre soit assés clere, toutes voyes porce qu'elle est molt soutile et plaine de parfont entendement, si que à poyne encore l'en la puet entendre ovec toute la exposition, por laquele rayson nos l'avons exposee, car il avient que, quant aucune chose est grieve à entendre, de tant come elle est plus enserchee, et elle chet plus clerement en l'entendement de celuy qui s'esforce d'elle poer entendre.

Or dit la Ph[ilosophie] que nulle chose est qui soyt esmeue par aucun esmovement, soit par generation, soit par aucune autre maniere, qui ne

(1) *Narcien* est une fausse lecture de *Neritii* [*ducis*], c'est-à-dire Ulysse (*Consol.*, IV, metr. 3). — (2) Corriger : *ou* « avec ».

preigne toutes les achoisons de son esmovement et toutes les ordrez par les queles elle se ordene et toutes les formez par les queles elle se mantient de sa fermesse et de la soveraine pansee. Donc assavoir est que la pensee de Dieu n'est nulle autre chose que une ordination assize en la hautesse de sa purté. Et por ce que toutes choses sont esmeues par la pensee de Dieu, come soit chose que toutes choses ne sont pas esmeuez par une meismes maniere, ainz sont de divers movemens, car chascune chose si a une propre maniere de son remuement, por la quele chose il s'ensuit que la pensee de Dieu si a establi plusors manieres en les choses, [par] les queles chascune chose est esmue, et de tout ce il s'ensuit que la fermesse de la pensee de Dieu puet estre entendue en .ij. manieres, c'est assaver au regart de soy tant seulement, ou au regart des choses qu'elle esmeut. Et selonc ses .ij. regars elle est apellee en .ij. manieres, car se la fermesse de la pensee de Dieu soit entendue en la purté de sa propre intelligence, et elle est apellee Providence; et se elle [se] raporte au regart des choses qu'elle esmeut, elle est apellee Destinee. Et se aucun vuet bien ententivement considerer ses .ij. regars, il porra veir clerement que ses .ij. choses sont molt diverses. Car celle chose que nos apellons Providence, si est cele rayson qui est establie en Dieu; et cele chose que nos apelonz Destinee, si est cele disposition por la quele la devine rayson enlasse toutes les choses selonc les propres remuemens qui se treuvent en chascune chose par soy. Car la pensee de Dieu, que nos apellons Providence, si comprent ensemble toutes les choses, ja soyt ce que ellez soyent diverses et nient-fenies. Mais cele chose que nos apelons Destinee, si esmeut chascune chose par soy. Et en tele maniere il s'ensuit que l'ordre temporele, quant elle est assemblee del tout au regart de la devine pensee, est[1] apelee Providence. Et cele meisme ordre temporele, quant elle ordene chascune chose par soy, non pas toutes ensemble, mais chascune par soy selonc le propre ordenement de chascune chose par soy, certes si est apellee Destinee. Et por ceste rayson apert clerement que la Destinee si est dependant de la Providence, car, par ce que nos avons orendroit dit, manifeste chose est que toute l'ordre que la Destinee a en soy ist hors de la Providence.

[1] *Ms.* estre.

IMPRIMERIE NATIONALE.

[80^{ad}-81^{a}] *La proeve coment touz se doyvent esforcer à poer estre vertuos.*

Bella[1] bis quinis operatus annis	Atrides vengeor sur les trebuchemens de Frigie
Ultor Atrides Phrygiae ruinis	Si maintint les batailles .x. ans.
Fratris amissos thalamos piavit.	Et si requist les chambres de son frere qui erent perduez.
Ille dum graiae dare vela classi	Quant celuy cuidoit doner le[s] voiles à son navige
Optat et ventos redimit cruore,	Et il si rachata les vens par sanc.
Exuit patrem miserumque tristis	Il si despoilla son pere,
Foederat natae jugulum sacerdos.	Et le prestre si sacrefia le chaitif estranglement
	De sa fille qui estoit assez triste.
Flevit amissos Ithacus sodales	Et Ytacus si plora ses compaingnons que il avoit perdus,
Quos ferus vasto recubans in antro	Lesquels Poliphemus, qui fu molt cruyel,
Mersit immani Polyphemus alvo.	Qui estoit habitant en la grant fosse,
Sed tamen caeco furibundus ore	Plonga en son vain ventre nient-solable par sa cruyauté.
Gaudium maestis lacrimis rependit.	Mais toutes voyes celuy furios par sa glotone bouche
	Si demonstra sa joye par tristes lermes.
Herculem duri celebrant labores :	Et les durs travaus si henorerent Hercules :
Ille Centauros domuit superbos,	Yceluy si donta les Centaurs orguellos,
Abstulit saevo spolium leoni	Et prist la pel au cruyel lyon,
Fixit et certis volucres sagittis;	Et ficha les osyaus par certaines sayetes,
Poma cernenti rapuit draconi	Et ravi les pomes au dragon regardant,
Aureo laevam gravior metallo;	Et à sa senestre main, qui estoit pluz pesant que nul metal ne pooit estre,
Cerberum traxit triplici catena.	Si traist Cerberus par sa chayene treble,
	Et en fu venqueor de celuy Cerberus et de ceaus de la mayson noire.
Victor immitem posuisse fertur	Et l'en dit que il, seignor cruel, mist la nient-debonaire viande
Pabulum saevis dominum quadrigis.	En ses cruyeles charretes.
Hydra combusto periit veneno.	Et la serpent si peri por son venin qui fu ars.
Fronte turpatus Achelous amnis	Archelaous (*sic*) fu molt troblé,
Ora demersit pudibunda ripis.	Si plonga les chastes bouches.
Stravit Antaeum Libycis arenis.	Et si abati Anceus (*sic*) en les aygoses arenes.
Cacus Evandri satiavit iras.	Et Chattus (*sic*) si saola le corros de Evandrus.
Quosque pressurus foret altus orbis	
Saetiger spumis humeros notavit.	
Ultimus caelos labor inreflexo	

[1] Il m'a semblé utile de placer, en face de la traduction de Pierre de Paris, le texte même de Boèce (*Cons.*, IV, metr. 7). Le lecteur pourra ainsi mieux juger des contresens commis par maître Pierre, et se préparer aux étranges récits qui forment le fond de son commentaire, contresens et récits qui témoignent de l'état précaire de sa culture classique.

Sustulit collo pretiumque rursus	
Ultimi caelum meruit laboris.	
Ite nunc, fortes ubi celsa magni	O vos, fors, alés vos ent orendroit
Duxit exempli via. Cur inertes	Où la haute voye dou grant exemple vos a demené.
Terga nudatis? Superata tellus	Despoillés vos dos,
Sidera donat.	Car la Terre si a doneez dessus les hautes estoyles.

Exposition. En ceste part touche la Ph[ilosophie] aucunes hystoires par lesqueles elle si vuet demonstrer coment les forces ne les engi[n]s ne nulle chose ne puet delivrer l'ome de la mort, par lesqueles exemples elle conclut que, toutes choses laisseez, l'en doit entendre en estre vertuos et laisser toutes errors et toutes vainez gloires, car il covient en totez guises que l'en retorne au leuc dont l'on est venu, se l'en ne le desprize.

Or raconte la Ph[ilosophie] en les .viij.[1] premiers vers une histoyre tel, selons ce que nos lisons es Fablez : .i. home fu, qui fu apelé Atrides, et maintint .x. ans entiers les guerres contre les Dalmaciens (*sic*) por .i. syene amie qui apelee estoit Frigie, car ceaus Damalciens (*sic*) li ravirent. Si encomensa por ceste achoison la guerre de[2] Atrides encontre les Dalmaciens; et en destruit une leur cité qui estoit apelee Salona[3]. Et ceste cité si estoit de son frere, et les Dalmaciens la tolirent au frere de Atrides por le mal qu'i[l] voloyent à Atrides. Si la recovra celuy Atrides, et les mist touz à l'espee. Or racontent les Fables que quant celuy Atrides ot conquise cele sité et ot bien vangié sa honte et fu del tot ressazié, si vost remonter en sa naive (*sic*), si avint que une deesse, qui estoit apelee Pelopides[4], si le prist en hayne de cele cruyauté qu'il avoit faite, car il ne pardona la vie à nulluy; si fist cele desse tant par ses enchantemens que tous les vens li estoyent contraires, et ne se pooit partir de son leuc, dont il covint en la fin que il meismes tuast son pere et sa fille et les sacrefiast à Dieu. Et cest conseill li dona meismes cele deesse, qui s'aparut à luy et li dona à entendre que en nulle autre maniere il ne se

(1) Il n'y en a que sept dans Boèce, mais Pierre de Paris a disposé sa traduction comme s'il y en avait huit.

(2) *Ms.* des.

(3) Je ne saurais dire avec certitude ce qui a porté Pierre de Paris à transporter en Dalmatie les événements de la guerre de Troie, mais je rappelle qu'il avait lui-même visité l'Esclavonie (cf. ci-dessus, p. 46) et pouvait y avoir recueilli quelque légende sur la destruction de Salone.

(4) L'origine de cette prétendue déesse m'échappe complètement.

porroit partir. Et c'est l'estoyre que la Ph[ilosophie] raconte en les .viij. premiers vers.

Et puiz après, en les autres .vj.[1] vers ensivans, touche la Ph[ilosophie] une autre hystoire qui est itel : Nos lisons en les Fablez que .i. home estoit molt cruel, qui fu apelés Polifemus, et habitoit en .i. caverne, non pas entre homes, car il estoit .i. grant geant. Et ne passoit nul par celuy leuc que le dit Polifemus ne tuast; et quant il le trovoit gras, il le mangoit. Si avint que Hyrtacus (*sic*), qui fu en son tens molt noble chevalier, si passoit par celuy leuc, et .xij. compaingnons o luy; si issi le geant contre eaus touz, et touz les prist et les tua, sans (*sic*) Hyrtacus (*sic*), car il s'en fuy, comme celuy qui estoit bien monté. Puis après tout ce que celuy Polifemus ot fait tant de maus, si avint par .i. matin qu'il se leva tout forcené, que avis li fu que. v^{c}. homes venoyent à sa caverne pour tuer le; si se leva tout endormi, et avint que en son encontre .ij. rains de .i. arbre le hurterent, et fu par celuy cas avuegle; et celuy meismes [jour] morut il de deul. Et ceste est l'estoyre que la Ph[ilosophie] touche en les .vj. vers ensivans les .viij. premiers.

Et après ces .ij. hystoires, touche la Ph[ilosophie] une autre ytel : Nos lysons en les Hystoires gresoises que .i. chevalier fu qui apelé Hercules, et fu molt fort outre mesure, et ardi ensement outre mesure, et de grant alayne, ne jamais n'estoit lassé, dont il estoit molt honorés en son tens. Et racontent les Hystoires de cestuy Hercules, que il fu destruior des gehans, car molt en ocist en son tens, ne il ne trova onques nul que il ne tuast. Et estoit encore si fort et si ardi que les lyons meismes le doutoyent et s'en fuyoyent devant luy; et plusors en ocist en son tens. Encontre les dragons meismes aloit il, et lor ostoit la proye, et solement o son poin les ocioist (*sic*). Archier fu le meillor doumonde; et pesoit bien .iiij. livres le fer de la sayette qu'il trahoit. Molt fu desmesuré home, non pas en cors, car il ne passoit pas la mesure des autres chevaliers, se non en force et en ardement. Et l'en lit meismes de luy que il ala en Enfer, et prist Cerberus, qui estoit portier d'Enfer, et le lya de .iiij. chaenes, l'une par le col et les autres par mainz et par piés; et quant il l'ot lyé, si entra en Enfer, et dedens l'entree trova .i. serpent, lequel li geta fuec dessus tot enve-

[1] Il n'y en a que cinq dans Boèce, mais Pierre de Paris a disposé sa traduction comme s'il y en avait six.

nimé de sa bouche; et feni par celuy serpent celuy noble chevalier ses jors. Et ceste hystoire touche la Ph[ilosophie] en les autres .xj. vers ensivans[1].

.I. autre hystoire touche la Ph[ilosophie], qui est ytel : Nos lysons que .i. chevalier fu qui ot nom Anteus, et fu de grant proesse en son tens, et tua le frere de Archelaus. Or estoit celuy Anteus si cruiel et si fort que nus ne l'osoit atendre. Si lisons que Archelaus fu molt troblé de son frere. Et dient lesEstoyres de celuy Archelaus, que il fu chaste, ne onques ne se corrumpi envers nulle feme que en la soe propre tant seulement, si que quant il sot que Antheus avoit ocis son frere, il baisa la Terre et pria Dieu qu'il li deust doner force et pooir contre luy. Et quant il ot faite sa priere, il s'arma et ala à Antheus, et le trova sus .i. rivage de mer, et l'assailly et l'osist molt vigorosement. Et cele hystoire si touche la Ph[ilosophie] en les autres .iij. vers ensivans.

Et encore touche la Ph[ilosophie] une autre hystoire : Nos lysons que .i. geant fu qui fu només Evandrus; et racontent les Hystoires que il tua en son vivant .xl^{m}. homes. Et habitoit en .i. ihle qui est au jor de huy apelee Andre, et prist son nom cele ihle de celuy gehant, volés que celuy gehant prist son nom de cele ihle. Si avint que Catus arriva à cel (*sic*) ihle, et estoit .i. molt noble chevalier, si tua celuy Catus Evandrus. Et ceste hystoire touche la Ph[ilosophie] en .i. seul vers ensivant après tous les autres.

Et de toutez ces hystoires la Ph[ilosophie] ne vuet autre chose dire que tant solement une rayson, c'est assaver que force ne pooir ne engin ne nulle chose n'est qui puisse sauver l'ome de la mort, car en la fin il covient que il muyre; et de tant come il fait plus de maus, et il est pluz tormentés en l'autre monde; et de tant come il fait greignors biens, et il en apersoit greinors merites. Dont la Ph[ilosophie] nos amoneste, en les .iiij. derreniers vers, que nos doyons lasser toutes errors et toutes gloires et, briement, toutes choses terrienes, et doyons estre ententif en aorer nostre Creator.

[81^{a}]. *Ici comense le quint livre, et se demonstre en ce premier chapistre quele chose est Cas.*

[81^{bc}] « Et lors cele Ph[ilosophie] me dist : « Le mien Aristotiles si dist en

[1] En réalité Boèce consacre dix-neuf vers à Hercule. Pierre de Paris n'a tenu compte que des dix premiers, qu'il a disposés dans sa traduction comme s'ils étaient onze. Il a cru qu les quatre vers suivants se rapportaient à d'autres histoires, et il a complètement négligé de traduire les cinq derniers.

les *Feziques*, c'est à dire .i. livre que Aristotiles fist, qui est apellé le *Livre des Feziques*, et, briefment, defeni quele chose est Cas..., si come se il avient que aucun sape sa vingne, et n'aye nulle entention autre que tant seulement por cultiver sa vingne, et avieingne que en sapant il treuve or qui ait esté repost illeuques d'aucun... »

[81^cd] *La rayson por quoy la lettre n'est exposte.*

Por ce que ceste lettre est toute clere par soy, nos ensement nos somes passéz sans nulle exposition, car ja soit ce que l'on porroit parler par autre maniere de paroles, despuis que la lettre est clere et entendable par soy, si seroit confuzion de expondre la. Et d'autre part avons parlé de ceste matiere en ,i. livre que nos feimes en Chipre au seig[nor] de Sur[1]; et illeuc toute ceste question si est assés soffizaument esclarsie; si nos somes ici passés por ceste rayson sanz nulle exposition[2].

[81^d-82^ab] *Ici raconte la Ph[ilosophie] plusors examples par les quels elle proeve quele chose est Cas par voye naturele.*

Rupis[3] Achaemeniae scopulis ubi versa sequentum	La bataille deffuyable si ficha les dars
Pectoribus figit spicula pugna fugax,	En les pis des ensivans [Achameniene.
Tigris et Euphrates uno se fonte resolvunt	Despuis ce qu'elle fu retornee des montaingnes de la roche
Et mox abjunctis dissociantur aquis.	Le Tygre et Eufrates si descendent de une fontayne
Si coeant cursumque iterum revocentur in unum,	Et tantost sont dessevrés des aygues qui furent avant jointes.
Confluat alterni quod trahit unda vadi :	Se il se ressemblassent et rapellassent leurs cours ensemble,
Convenient puppes et vulsi flumine trunci	Et ce celle chose descorrust, la quele l'aygue de estrange jeu
Mixtaque fortuitos implicet unda modos,	Les naves si se assemblent en yaus, [traist à soy,
Quos tamen ipsa vagos terrae declivia casus	Les queles manieres ja soit ce qu'elles soyent vagues,
Gurgitis et lapsi defluus ordo regit.	Et l'aygue qui est mehlee si emple les fortunales manieres,
Sic quae permissis fluitare videtur habenis	Toutes voyes l'ordre dou flum qui est descorrable les governe.
Fors patitur frenos ipsaque lege meat.	Et en tele maniere cel ordre est veue descorre par unes resnes [abandonees,
	L'Aventure si seuffre les frainz et elle si passe ensement par loy.

Exposition. En ceste part demonstre la Ph[ilosophie] .ij. examples par les quels elle senefie les achoisons dou Cas et de l'Aventure; et est le premier

(1) Ouvrage perdu; voir ci-dessus, p. 30-31 et 38.

(2) Cf. le ms. 42 de Nice, fol. 156^a : « Et etiam quia de hac materia alias sufficienter tractavimus in quodam libro quem fecimus in Cipro domino Tyriyen[si], sine expositione literam dimisimus. »

(3) Je donne ici le texte latin de Boèce (V, metr. 1) pour les mêmes raisons qui me l'ont fait donner plus haut, p. 74.

example itel : L'en raconte es Fablez que .ij. montaingnes sont et sont apelees Achamenienes. Or dit l'on que en celes montaingnes[1] habitent une maniere de gent molt petis, et sont si petis que le greignor de touz n'est que de .i. paume lonc; et se combatent as grues, et avient touz jors que les grues les venquent et les chassent. Et s'en fuient quant il ne peuent pluz soffrir la bataille; et les gruyes les sivent. Et sont molt legiers; et quant il voyent après ce qu'il s'en sont foys, que les gruyes les enchaussent, il retornent à tous leurs dardelos et s'esforcent à tot lor pooir contre les gruyes et les tuent toutez. Et ceste histoire touche la Ph[ilosophie] en les .iij.[2] premier[s] vers. Or raconte la Ph[ilosophie] cet example por demonstrer la rayson dou Cas et de l'Aventure. Certes l'en puet comprendre par les paroles dessuz dites de quel nature est le Cas et l'Aventure, car l'Aventure vient dou prepos de l'home, et le Cas avient de une chose nient-pensee. Car auci come ceaus homes sont premierement vencus et sevent certainement qu'il devent estre vencus, car onques il n'orent le meillor de la bataille, toutes voyes il vont à la bataille por la hayne qu'il portent as gruyes, non pas encore por ce qu'il cuident estre vencus, mais por ce qu'il les cuydent vancre et occirre. Et certes se il sont vencus, ce avient par Cas, et se il venquent, ce avient por Aventure; car le vencre, il l'orent en lor entention, et estre vencus estoyt hors de lor entention. Et en ce que il ont prepos de vencre là où il ne vanquirent onques, si sont comparé as homes qui font tous les maus et cuydent que, par les mauz que il font, si puissent venir ou bien sans se qu'il s'esforcent de aquester le bien. Et ceste est l'entention de la Ph[ilosophie] en les .iij. premiers vers.

Et encore sur ce la Ph[ilosophie] amene .i. autre example. Nos lysons que .ij. fluns sont, des quels l'un est apelé Tygris et l'autre Eufrates. Et ses .ij. fluns descendent de une fontainne : l'un va en une part, et l'autre en .i. autre, et se descompaignent, ja soit ce que ambedeus descendent de une fontaine. Et certes l'en lit que de l'un est issue ceste mer qui est entre nos. Et manifeste chose est que les navez[3] vont par mer, et plusors en perissent, et plusors non. Or est manifeste chose (est) que ja les navez ne porroyent aler par mer sans le vent; et se le vent ne fust, elles ne periroyent pas. Et ensi est

[1] *Ms.* mostaignes.

[2] Il ne s'agit en réalité que des deux premiers vers du texte de Boèce, séparés inintelligemment des vers suivants par le traducteur, et traduits comme s'ils en formaient trois.

[3] *Ms.* mauaiz.

concordant dou Cas et de l'Aventure, car ces .ij. choses et toutes sont issues hors de la Providence. Certes en tant come l'ome se governe et adresse sa volenté prochenement à Dieu, et adons il est sanz perill, auci come est le flun quant il est près de la fontaine. Et, quant l'ome n'est pres de Dieu, il est resemblable au flum qui besille les navez par les tormens qu'il sueffre dou vent. Car ensi est besillee la volonté de l'home en cest Monde, qui est auci come .i. fluns, le quel monde est demené en diverses manieres par les vices qui sont usés en luy, si come est le flum par les vens. Certes celuy home qui est doné as vices, si est demené per (*sic*) Cas, car il treuve le mal et en est besillés, la quele chose il ne cuyde pas, car nul ne fait aucune chose por entention d'estre besillé par elle. Et ensi le besillement qui vient as mavaiz, si ne leur vient pas de leur entention. Et ceaus autres qui ordenent lor volenté à tote honesté, si faites gens sont prochains de la sovraine fontaine, et sont dou tout delivrés hors dou perill dou Cas. Et ceste est toute l'entention de la Ph[ilosophie] en les vers dessus dis.

[83^{cd}] *Exposition*. Assavoir est que en cest chapistre[1]. . .

[85^{a}] *Por quoy la lettre n'est exponue*. Nos sur ceste prose[2]...

[85^{c}] « Car le sens soul si est deestabli de toutes les autres conoissances et se treuve tout soul en les bestes nient movables, si come sont les patelines et oytres et toutes autres bestes qui se tienent as roches. »

[85^{d}-86^{a}] *Exposition*. Nos en ceste part[3]...

[86^{ab}] Dont assaver est que la Ph[ilosophie]. . . fait une rayson naturele, et est ceste : Nos veons que quant l'on vuet conoistre aucune chose per (*sic*) sens, si come par l'euill, l'on voyt que les qualités qui sont objectes à l'euyl si enlassent les instrumens de l'euill, dont assavoyr est que chascun sens si a son propre object, et est apelee object cele chose que le sens conoist, si come l'euill conoit les colors et nulle autre chose. . . Et por ceste rayson nos disons que les coulors sont proprement le object de la veue. . . Dont dou goster est object l'amertume et la doussor et l'aigreté. . . Et le object dou manier si est l'aspreté et la soeveté et la durté et la molesse et la chalor et la froydor. . . Et sur ce assaver est que chascun sens si a son propre instrument, que il use

(1) Texte publié ci-dessus, p. 32. — (2) Texte publié ci-dessus, p. 32. — (3) Texte publié ci-dessus, p. 32.

de luy, si come les ziaus sont instrument de la veue, et les mains sont instrument dou manier, et les narilles dou flayrer, et la bouche de goster...

[87^{d}-88^{a}] *La maniere dou translator, que il porsuyt en ceste prose* [1]. Et nos en ceste prose avons porseu la maniere meismes proprement que nos porsuymes en les .ij. proses derrenierement exposees, car nos avons antremehlees aucunes paroles por plus manifestement doner à entendre la lettre et por pluz abreger l'euvre.

Et en ses paroles le livre est compli, à la loenge de Dieu veray, au quele si come digne chose est, je rens graces, ja soit ce que je soie pecheor, si me somet à luy dou tout, come sa creature, et li pri que il, par sa grace, adresst touzjors mon entendement à ce que ma volenté soyt par luy si reglee que je puisse passer si par les choses temporeles que je ne soye hors des pardurables.

Et vos, mon seignor, je, vostre petit serveor, si vos envoye ceste euvre que j'ay adressiee à vos, la quele, encore ne soit elle si ordenee come seroit afferable à vostre hautesse, toutes voyes je sui certain que tante est vostre debonaireté que vos suplerois toutes mes defautes, et que par vostre entendement l'euvre sera dou tout clere à tous ceaus qui vodront avoir la conoissance.

[1] Cf. ci-dessus, p. 32.

TABLE ALPHABÉTIQUE
DES NOMS PROPRES ET DES MATIÈRES.

TIRAGES À PART

DES

PUBLICATIONS DE L'ACADÉMIE DES INSCRIPTIONS ET BELLES-LETTRES

EN VENTE

À LA LIBRAIRIE C. KLINCKSIECK, RUE DE LILLE, 11, À PARIS.

AMÉLINEAU (E.). Notices des manuscrits coptes de la Bibliothèque nationale renfermant des textes bilingues du Nouveau Testament, avec six planches (1895) .... 4 fr. 70

BABELON (E.). La théorie féodale de la monnaie (1908) .... 3 fr. 20

— Moneta (1913) .... 2 fr. 30

BABIN (C.). Rapport sur les fouilles de M. Schliemann à Hissarlik (Troie), avec deux planches (1892) .... 2 fr.

BARTHÉLEMY (A. DE). Note sur l'origine de la monnaie tournois (1896) .... 0 fr. 80

BERGER (Ph.). Mémoire sur la grande inscription dédicatoire et sur plusieurs autres inscriptions néopuniques du temple d'Hathor-Miskar à Maktar (1899) .... 4 fr.

— Mémoire sur les inscriptions de fondation du Temple d'Esmoun à Sidon (1902) .... 3 fr. 20

BERGER (S.). Notice sur quelques textes latins inédits de l'Ancien Testament (1893) .... 1 fr. 70

— Un ancien texte latin des Actes des Apôtres, retrouvé dans un manuscrit provenant de Perpignan (1895) .... 2 fr.

— Les préfaces jointes aux livres de la Bible dans les manuscrits de la Vulgate; mémoire posthume (1902) .... 3 fr. 50

CAGNAT (R.). Les bibliothèques municipales dans l'Empire romain (1906) .... 2 fr. 10

— Les deux camps de la légion IIIe Auguste à Lambèse, d'après les fouilles récentes (1908) .... 4 fr.

— La frontière militaire de la Tripolitaine à l'époque romaine (1912) .... 3 fr.

— L'Annone d'Afrique (1915) .... 1 fr. 50

CAPITAN (D^{r}). Quelques caractéristiques de l'architecture maya dans le Yucatan ancien (1912) .... 3 fr.

CARRA DE VAUX (Baron). Le livre des appareils pneumatiques et des machines hydrauliques par Philon de Byzance, édité d'après les versions arabes et traduit en français (1902) .... 8 fr. 50

CARTON (D^{r}). Le théâtre romain de Dougga, avec dix-huit planches (1902) .... 10 fr.

— Le sanctuaire de Tanit à El-Kénissia (1906) .... 9 fr. 20

CHABOT (Abbé J.-B.). *Synodicon orientale*, ou Recueil de synodes nestoriens (1902) .... 30 fr.

CHAVANNES (Éd.). Dix inscriptions chinoises de l'Asie centrale, d'après les estampages de M. Ch.-E. Bonin (1902) .... 6 fr.

COLLIGNON (Max). Le Consul Jean Giraud et sa relation de l'Attique au XVIIe siècle (1913) .... 2 fr. 60

— L'emplacement du Cécropion à l'Acropole d'Athènes (1916) .... 2 fr. 80

CORDIER (H.). Un interprète du général Brune et la fin de l'École des Jeunes de langues (1911) .... 4 fr.

— Annales de l'Hôtel de Nesle (Collège des Quatre-Nations. — Institut de France) [1916] .... 8 fr. 50

CROISET (Maurice). Observations sur la légende primitive d'Ulysse (1910) .... 2 fr.

CUMONT (Franz). La théologie solaire du paganisme romain (1909) .... 1 fr. 70

CUQ (Éd.). Le colonat partiaire dans l'Afrique romaine, d'après l'inscription d'Henchir Mettich (1897). 3 fr.

— Le sénatus-consulte de Délos de l'an 166 avant notre ère (1912) .... 1 fr. 70

— Un nouveau document sur l'Apokèryxis (1913) .... 2 fr. 60

— Une statistique de locaux affectés à l'habitation dans la Rome impériale (1915) .... 2 fr. 50

— Les nouveaux fragments du Code de Hammourabi sur le prêt à intérêt et les sociétés (1917) .... 5 fr.

DELABORDE (H.-F.). Les inventaires du Trésor des chartes dressés par Gérard de Montaigu (1900) .... 3 fr. 50

DELISLE (L.). Notice sur un psautier latin-français du XIIe siècle (ms. latin 1670 des nouvelles acquisitions de la Bibliothèque nationale), avec fac-similé (1891) .... 1 fr. 10

— Anciennes traductions françaises du traité de Pétrarque *sur les remèdes de l'une et l'autre fortune* (1891) .... 1 fr. 40

— Notice sur la chronique d'un anonyme de Béthune du temps de Philippe Auguste (1891) .... 1 fr. 70

— Fragments inédits de l'histoire de Louis XI par Thomas Basin, tirés d'un manuscrit de Gœttingue, avec trois planches (1893) .... 2 fr. 60

— Notice sur les manuscrits originaux d'Adémar de Chabannes, avec six planches (1896) .... 6 fr. 50

— Notice sur la chronique d'un dominicain de Parme, avec fac-similé (1896) .... 2 fr.

— Notice sur un livre annoté par Pétrarque (ms. latin 2201 de la Bibliothèque nationale), avec deux planches (1896) .... 1 fr. 70

— Notice sur les Sept psaumes allégorisés de Christine de Pisan (1896) .... 0 fr. 80

— Notice sur un manuscrit de l'église de Lyon, du temps de Charlemagne, avec trois planches (1898). 1 fr. 70

— Notice sur une *Summa dictaminis*, jadis conservée à Beauvais (1898) .... 1 fr. 70

— Notice sur la Rhétorique de Cicéron, traduite par maître Jean d'Antioche, avec deux planches (1899) .... 3 fr. 50

— Notice sur un registre des procès-verbaux de la Faculté de théologie de Paris, pendant les années 1505-1533 (1899) .... 3 fr. 80

— Notice sur les manuscrits du «Liber Floridus», de Lambert, chanoine de Saint-Omer (1906) .... 8 fr. 60

M. A. THOMAS. — 15074^{17}. N. E. XLI.

DELISLE (L.). Le livre de Jean de Stavelot sur saint Benoît (1908)........ 2 fr.

— Enquête sur la fortune des établissements de l'Ordre de Saint-Benoît en 1338 (1910)........ 3 fr.

DELOCHE (M.). Saint-Remy de Provence au moyen âge, avec deux cartes (1892)........ 4 fr. 40

— De la signification des mots *pax* et *honor* sur les monnaies béarnaises et du *s* barré sur des jetons de souverains du Béarn (1893)........ 1 fr. 10

— Le port des anneaux dans l'antiquité romaine et dans les premiers siècles du moyen âge (1896). 4 fr. 40

— Des indices de l'occupation par les Ligures de la région qui fut plus tard appelée *la Gaule* (1897) .... 0 fr. 80

— *Pagi* et *Vicairies* du Limousin aux IXe, Xe et XIe siècles, avec une carte (1899)........ 3 fr. 50

DEVÉRIA (G.). L'écriture du royaume de Si-Hia ou Tangout, avec deux planches (1898)........ 2 fr.

DIEULAFOY (M.). Le Château-Gaillard et l'architecture militaire au XIIIe siècle, avec vingt-cinq figures (1898)........ 3 fr.

— La bataille de Muret (1899)........ 2 fr.

— Le mausolée d'Halicarnasse et le trophée d'Auguste (1911)........ 2 fr. 30

— *La bataille d'Issus*, analyse critique d'un travail manuscrit du commandant Bourgeois (1912)........ 2 fr.

DOREZ (Léon). Notice sur un recueil de poésies latines et un portrait de l'humaniste véronais Leonardo Montagna (1425-1485). Ms. 806 de la bibliothèque de l'Institut (1913)........ 2 fr.

DOUTREPONT (G.). Notice sur le manuscrit français 11594 de la Bibliothèque nationale : *La Croisade projetée par Philippe le Bon contre les Turcs* (1917).. 1 fr. 50

DURRIEU (Comte Paul). Michelino da Besozzo et les relations entre l'art italien et l'art français à l'époque du règne de Charles VI (1911)........ 3 fr.

EUTING (J.). Notice sur un papyrus égypto-araméen de la Bibliothèque impériale de Strasbourg (1903). 1 fr. 40

FERRAND (G.). Un texte arabico-malgache du XVIe siècle (1904)........ 5 fr.

FORMIGÉ (J.). Remarques diverses sur les théâtres romains à propos de ceux d'Arles et d'Orange (1914) .... 4 fr. 50

— Le prétendu cirque romain d'Orange (1917). 1 fr. 50

FOUCART (P.). Recherches sur l'origine et la nature des mystères d'Éleusis (1895)........ 3 fr. 50

— Les grands mystères d'Éleusis. Personnel. Cérémonies (1900)........ 6 fr. 50

— La formation de la province romaine d'Asie (1903)... .... 2 fr.

— Le culte de Dionysos en Attique (1904)........ 8 fr.

— Sénatus-consulte de Thisbé [170] (1905)........ 2 fr.

— Étude sur Didymos, d'après un papyrus de Berlin (1907)........ 8 fr.

— Les Athéniens dans la Chersonèse de Thrace au IVe siècle (1909)........ 1 fr. 70

FOUCHER (A.). Catalogue des peintures népâlaises et tibétaines de la collection B.-H. Hodgson, à la bibliothèque de l'Institut de France (1897)........ 1 fr. 70

FOURNIER (P.). Un groupe de recueils canoniques italiens des Xe et XIe siècles (1915)........ 5 fr.

FUNCK-BRENTANO (Fr.). Mémoire sur la bataille de Courtrai (11 juillet 1302) et les chroniqueurs qui en ont traité, pour servir à l'historiographie du règne de Philippe le Bel (1891)........ 4 fr. 40

GAUTIER (E.-F.) et **FROIDEVAUX** (H.). Un manuscrit arabico-malgache sur les campagnes de La Case dans l'Imoro, de 1659 à 1663 (1907)........ 6 fr. 50

GIRY (A.). Étude critique de quelques documents angevins de l'époque carolingienne, avec deux planches (1900)........ 3 fr. 50

GLOTZ (G.). Le droit des gens dans l'antiquité grecque (1915)........ 1 fr. 50

GRAUX (Ch.). Traité de tactique connu sous le titre *Περὶ καταστάσεως ἀπλήκτου*, *Traité de castramétation*, rédigé par ordre de Nicéphore Phocas, texte grec inédit, augmenté d'une préface par Albert Martin (1898)........ 2 fr. 60

GRÜNEISEN (W. de). Le portrait d'Apa Jérémie. Note à propos du soi-disant nimbe rectangulaire (1912)... .... 2 fr. 30

HAURÉAU (B.). Notices sur les numéros 3143, 14877, 16089, 16409 des manuscrits latins de la Bibliothèque nationale, quatre fascicules (1890-1895)........ 0 fr. 80, 1 fr. 40, 1 fr. 70 et 2 fr.

— Le poème adressé par Abélard à son fils Astralabe (1893)........ 2 fr.

— Notices des mss latins 583, 657, 1249, 2943, 2950, 3145, 3146, 3437, 3473, 3482, 3495, 3498, 3652, 3702, 3730 de la Bibliothèque nationale.. 2 fr. 30

HELBIG (W.). Sur la question Mycénienne (1896)........ 3 fr. 50

— Les vases du Dipylon et les Naucraries, avec vingt-cinq figures (1898)........ 1 fr. 70

— Les ἱππεῖς athéniens (1902)........ 5 fr.

— Sur les attributs des Saliens (1905)........ 3 fr. 20

JOULIN (L.). Les établissements gallo-romains de Martres-Tolosanes, avec vingt-cinq planches (1900). 18 fr. 80

LÅNGFORS (A.). Notice du manuscrit français 12483 de la Bibliothèque nationale (1916)........ 7 fr.

LANGLOIS (Ch.-V.). Formulaires de lettres du XIIe, du XIIIe et du XIVe siècle, six fascicules, avec deux planches (1890-1897)........ 8 fr. 10

— Les papiers de Guillaume de Nogaret et de Guillaume de Plaisians au Trésor des chartes (1908)... 2 fr.

— Registres perdus des archives de la Chambre des Comptes de Paris (1917)........ 14 fr.

LASTEYRIE (R. de). L'église Saint-Martin de Tours, étude critique sur l'histoire et la forme de ce monument du Ve au XIe siècle (1891)........ 2 fr. 60

— La déviation de l'axe des églises est-elle symbolique? (1905)........ 1 fr. 70

— L'église de Saint-Philbert-de-Grandlieu [Loire-Inférieure] (1909)........ 7 fr. 70

LE BLANT (Edmond). De l'ancienne croyance à des moyens secrets de défier la torture (1892). 0 fr. 80

— Note sur quelques anciens talismans de bataille (1893). .... 0 fr. 80

— Sur deux déclamations attribuées à Quintilien, note pour servir à l'histoire de la magie (1895). 1 fr. 10

— 750 inscriptions de pierres gravées inédites ou peu connues, avec deux planches (1896)........ 8 fr. 75

— Les commentaires des Livres saints et les artistes chrétiens des premiers siècles (1899)........ 1 fr.

— Artémidore (1899)........ 1 fr.

LUCE (S.). Jeanne Paynel à Chantilly (1892).. 4 fr. 70

MARTIN (A.). Notes sur l'ostracisme dans Athènes (1907) .... 2 fr. 60

MAS-LATRIE (Comte DE). De l'empoisonnement politique dans la République de Venise (1893). 2 fr. 90

MENANT (J.). Kar-Kemish, sa position d'après les découvertes modernes, avec carte et figures (1891). 3 fr. 50

— Éléments du syllabaire hétéen (1892)...... 4 fr. 40

MEYER (P.). Notices sur quelques manuscrits français de la bibliothèque Phillipps à Cheltenham (1891). 4 fr. 70

— Notice sur un recueil d'*Exempla*, renfermé dans le ms. B. IV. 19 de la bibliothèque capitulaire de Durham (1891)............ 2 fr.

— Notice sur un manuscrit d'Orléans contenant d'anciens miracles de la Vierge, en vers français, avec planches (1893)............ 1 fr. 70

— Notice sur le recueil de miracles de la Vierge, renfermé dans le ms. Bibl. nat. fr. 818 (1893). 1 fr. 70

— Notice de deux manuscrits de la vie de saint Remi, en vers français, ayant appartenu à Charles V, avec une planche (1895)............ 1 fr. 40

— Notice sur le manuscrit fr. 24862 de la Bibliothèque nationale, contenant divers ouvrages composés ou écrits en Angleterre (1895)............ 2 fr.

— Notice du manuscrit Bibl. nat. fr. 6447 : Traduction de divers livres de la Bible. — Légendes des saints (1896)............ 3 fr. 20

— Notice sur les *Corrogationes Promethei* d'Alexandre Neckam (1897)............ 2 fr.

— Notice sur un Légendier français du XIIIe siècle classé selon l'ordre de l'année liturgique (1898). 3 fr.

— Le Livre-journal de maître Ugo Teralh, notaire et drapier à Forcalquier (1330-1332), avec une planche (1898)............ 2 fr. 50

— Notice sur trois Légendiers français attribués à Jean Belet (1899)............ 3 fr. 50

— Notice d'un Légendier français conservé à la Bibliothèque impériale de Saint-Pétersbourg (1900)............ 2 fr. 50

— Notice d'un manuscrit de Trinity College (Cambridge) contenant les vies, en vers français, de saint Jean l'aumônier et de saint Clément, pape (1903)............ 2 fr. 50

— Notice sur la *Bible des sept états du monde* de Geufroi de Paris (1908)............ 3 fr.

MICHON (Ét.). Un décret du dème de Cholargos relatif aux Thesmophories (1913)............ 1 fr. 50

MONCEAUX (P.). Enquête sur l'épigraphie chrétienne d'Afrique (1907)............ 7 fr. 50

MOREL-FATIO (A.). Une histoire inédite de Charles-Quint par un fourrier de sa cour, avec une planche (1911)............ 2 fr.

MORISSE (G.). Contribution préliminaire à l'étude de l'écriture et de la langue Si-Hia (1904)... 3 fr. 50

MORTET (V.) et TANNERY (P.). Un nouveau texte des traités d'arpentage et de géométrie d'Epaphroditus et de Vitruvius Rufus, avec deux planches (1896)............ 2 fr. 60

MÜNTZ (E.). Les collections d'antiques formées par les Médicis au XVIe siècle (1895)............ 3 fr. 50

— La tiare pontificale du VIIIe siècle au XVIe siècle, avec figures (1897)............ 3 fr. 80

— Le Musée de portraits de Paul Jove, contributions pour servir à l'iconographie du moyen âge et de la Renaissance, avec 55 portraits (1900).... 3 fr. 80

NAVILLE (Éd.). La découverte de la Loi sous le roi Josias; une interprétation égyptienne d'un texte biblique (1910)............ 1 fr. 70

NOLHAC (P. DE). Le *De viris illustribus* de Pétrarque; notice sur les manuscrits originaux, suivie de fragments inédits (1890)............ 3 fr. 80

— Le Virgile du Vatican et ses peintures, avec une planche (1897)............ 4 fr. 70

OMONT (H.). Journal autobiographique du cardinal Jérôme Aléandre (1480-1530), publié d'après les manuscrits de Paris et Udine, avec deux planches (1895)............ 5 fr. 30

— Notice sur un très ancien manuscrit grec de l'évangile de saint Matthieu, en onciales d'or sur parchemin pourpré et orné de miniatures, conservé à la Bibliothèque nationale, avec deux planches (1900)............ 4 fr.

— Notice du ms. nouv. acq. franç. 10050 de la Bibliothèque nationale, contenant un nouveau texte français de la *Fleur des histoires de la terre d'Orient* de Hayton (1903)............ 2 fr. 60

— Notice du ms. nouv. acq. lat. 763 de la Bibliothèque nationale (Glossaires grec et latins) et de quelques autres mss provenant de Saint-Maximin de Trèves (1903)............ 2 fr. 60

— Notice sur le manuscrit latin 886, contenant différents opuscules mathématiques de Gerbert, etc. (1907)............ 2 fr. 50

— Recherches sur la bibliothèque de l'église cathédrale de Beauvais (1914)............ 3 fr. 80

— Minoïde Mynas et ses missions en Orient (1840-1855) [1916]............ 6 fr.

PÉLISSIER (L.-G.). Sur les dates de trois lettres inédites de Jean Lascaris, ambassadeur de France à Venise (1504-1509) [1901]............ 2 fr.

PROU (M.). Chancel carolingien orné d'entrelacs à Schænnis (canton de Saint-Gall) [1912].. 3 fr. 20

— Un diplôme faux de Charles le Chauve pour l'abbaye de Montier-en-Der (1915)............ 1 fr. 50

RAVAISSON (F.). La Vénus de Milo, avec neuf planches (1892)............ 6 fr.

— Une œuvre de Pisanello, avec quatre planches (1895)............ 2 fr. 30

— Monuments grecs relatifs à Achille, avec six planches (1895)............ 4 fr.

REINACH (Théodore). L'anarchie monétaire et ses remèdes chez les anciens Grecs (1911)... 0 fr. 80

RICCI (S. DE) et WINSTEDT (E.). Les quarante-neuf vieillards de Scété, texte copte et traduction française (1910)............ 1 fr. 70

ROBIOU (F.). L'état religieux de la Grèce et de l'Orient au siècle d'Alexandre, deux fascicules (1893-1895)............ 4 fr. et 4 fr. 40

SCHEIL (Le R. P.). La chronologie rectifiée du règne de Hammourabi (1912)............ 1 fr. 50

SCHEIL (Le R. P.) et DIEULAFOY (Marcel). Esagil ou le temple de Bêl Marduk à Babylone. — Étude documentaire par le R. P. SCHEIL. — Étude arithmétique et architectonique par M. M. DIEULAFOY (1913)............ 4 fr. 40

SCHWAB (M.). Vocabulaire de l'Angélologie, d'après les manuscrits hébreux de la Bibliothèque nationale (1897)................................ 12 fr.

— Le manuscrit n° 1380 du fonds hébreu à la Bibliothèque nationale. Supplément au *Vocabulaire de l'Angélologie* (1899)................................ 2 fr. 30

— Le manuscrit hébreu n° 1388 de la Bibliothèque nationale, une *Haggadah pascale* (1903).... 1 fr. 50

— Le manuscrit hébreu n° 1408 de la Bibliothèque nationale (1913)........................ 1 fr. 50

— Livre de comptes de Mardoché Joseph (manuscrit hébréo-provençal) [1913]................ 1 fr. 80

— Homélies judéo-espagnoles (1916)........ 3 fr. 80

SIDERSKY (D.). Étude sur l'origine astronomique de la chronologie juive (1911)................ 3 fr. 80

— Étude sur la chronologie assyro-babylonienne (1916) .... 4 fr.

SLOUZSCH (N.). Un voyage d'études juives en Afrique (1909)................................ 4 fr. 50

SPIEGELBERG (W.). Correspondances du temps des rois-prêtres, publiées avec d'autres fragments épistolaires de la Bibliothèque nationale, avec huit planches (1895)................................ 7 fr. 50

TANNERY (P.). Le traité du quadrant de maître Robert Anglès (Montpellier, XIIIe siècle); texte latin et ancienne traduction grecque, avec figures (1897)... .... 3 fr. 50

TANNERY (P.) et CLERVAL (A.). Une correspondance d'écolâtres du XIe siècle (1900).......... 2 fr. 60

THOMAS (Ant.). Notice sur le manuscrit 4788 du Vatican, contenant une traduction française avec commentaire par Maître Pierre de Paris de la *Consolatio philosophiae* de Boèce (1917)............ 3 fr.

TOUTAIN (J.). Fouilles à Chemtou (Tunisie), sept.-nov. 1892, avec plan (1893)............ 1 fr. 70

— L'inscription d'Henchir Mettich. Un nouveau document sur la propriété agricole dans l'Afrique romaine, avec quatre planches (1897)............ 3 fr. 80

— Le cadastre de l'Afrique romaine (1907).... 2 fr. 30

VIOLLET (H.). Description du palais de Al-Moutasim, fils d'Haroun-al-Raschid, à Samara, et de quelques monuments de Mésopotamie (1909)......... 8 fr.

— Fouilles à Samara en Mésopotamie. Un palais musulman du IXe siècle (1911)................ 9 fr. 50

VIOLLET (P.). Mémoire sur la *Tanistry* (1891)..... 2 fr.

— La question de la légitimité à l'avènement de Hugues Capet (1892)........................ 1 fr. 40

— Comment les femmes ont été exclues en France de la succession à la couronne (1893)........ 2 fr. 60

— Les États de Paris en février 1358 (1894)... 1 fr. 70

— Les communes françaises au moyen âge (1900)..... .... 6 fr. 50

— Les interrogatoires de Jacques de Molai, grand maître du Temple (1909).................... 0 fr. 80

VOGÜÉ (Mis DE). La citerne de Ramleh et le tracé des arcs brisés (1912)........................ 2 fr.

WEIL (H.). Des traces de remaniement dans les drames d'Eschyle (1890)........................ 1 fr. 10

GLOSSAIRE[1].

A

abeille, *abeylle*, 63, «abeille»; cf. *beille*.

achoison, 15, etc., «cause».

acordable, 58, «qui est d'accord».

acostumeement, 49, «régulièrement».

acravanter, 54, «abattre».

adons, 80, «alors».

aferir, *aff.*, 39 (*afferent*), 42, 43 (*afiert*), «convenir».

afferable, 39, 81, «convenable». Mot rare, qui n'est relevé par Godefroy que dans Philippe de Novare (appelé à tort *Renier*) et dans Philippe de Maizières.

afferir. Voir *afe-*.

agrejer, 56, «grever».

agu, 61, «aigu».

aigreté, 80, «âcreté».

aigue, *aygue*, 45, 50, etc., «eau»; cf. *aygos*.

ains, 42, etc., «mais».

amaistrier, 42, «rendre maître [d'un art]», «instruire».

ambedeus, 79, «tous les deux».

amentevoir, 70, «mentionner».

aministrement, 55, «secours».

amonester, 77, «exhorter».

**anfoudrer*, 67, «foudroyer»; cf. *foudrer*.

angele, 59, *angle*, 36, etc., «ange».

angelial, 38, etc., «angélique».

angle. Voir *angele*.

aorer, 77, «adorer».

aorner, 42, etc., «orner».

aparoir, *app-*, 67, ind. pr. *apert*, 35, 43, etc., subj. pr. *apere*, 50, «apparaître».

apparissement, 50, «apparition».

aquester, 79, «acquérir».

ardement, 57, 76, «hardiesse».

ardoir, 48, *ardre*, 55, ind. pr. *art*, 52, «brûler».

aresner, 62, «interpeller».

arme, 36, etc., «âme».

artificiozement, 41, «avec art».

assener, 64, «assigner».

asseur, 64, «qui est en sûreté».

**assiduable*, 54, «assidu».

assoager, 54, «se calmer».

atout, 49, «avec».

aus. Voir *eaus*.

austre, **hoistre*, **oistre*, 52, «vent du midi» (auster).

autreci, 44, «aussi».

avenir, imp. subj. *avenist*, 53, «advenir».

avironement, 57, «surface circulaire [de la Terre]».

avironer, 39, «environner».

avueglete, 55, «aveuglement».

aydiere, fém. *ayderesse*, 38, «celui, celle qui aide».

†*aye*, 3e p. sing. subj. pr. du verbe *avoir*, 37, 45.

aygos, 74, «maritime»; cf. *aigue*.

B

beer (avec *à* et l'inf.), 31, 35, 38, «désirer».

*† *beille*, 63, «abeille»; cf. l'ital. *pecchia*, qui présente la même aphérèse.

**bellesse*, 61, «beauté»; cf. l'ital. *bellezza*, dont l'imitation a provoqué de nouveau l'emploi de *bellesse* en français au XVIe siècle.

beneuré, 35, etc., «bienheureux».

beneurté, 60, 61, «bonheur».

**besillement*, 80, «extermination». Un seul exemple dans Godefroy tiré du *Psautier* de Pierre de Paris.

besiller, 80, *beziller*, 57, «exterminer».

*† *besoingnance*, 55, «besoin».

bevrage, 76, «breuvage».

blanchoier, 71, «avoir des reflets blancs».

blee (s. f.), 51, 54, «blé en terre»; cf. l'ital. *biada*. L'anc. franç. propre connaît *blee*, mais le mot n'est pas fréquent.

boivre, 47, *boyvre*, 61, «boisson»; cf. *boyvre*, 72, «boire».

*† *bonesse*, 55, «bonace, calme [de la mer]».

*† *boute*, 55, «tonneau»; cf. l'ital. *botte*.

*† *boyre* (s. f.), 46, «le vent

[1] Sans être absolument complet, ce glossaire contient les mots et les formes qui s'éloignent le plus du français moderne. Le lecteur qui n'est pas spécialement versé dans la langue du moyen âge y trouvera donc un secours suffisant pour lui permettre l'intelligence du texte. La croix (†) a été placée devant les mots, formes ou acceptions que ne connaît pas l'ancien français propre et qui, par leur présence dans la langue de Pierre de Paris, justifient ce qui a été dit de l'origine italienne de cet auteur (cf. ci-dessus, p. 34). L'astérisque précède les mots, formes ou acceptions qui manquent dans le *Dictionnaire de l'ancienne langue française* de Frédéric Godefroy.

Borée; cf. l'ital. dialectal *bora*, usité sur les côtes de l'Adriatique, et voir des exemples du franco-ital. *boire* à l'article BORÉE de Littré.

boyvre. Voir *boivre*.

C

† *casal*, plur. *casaus*, 48, «domaine rural»; cf. l'ital. *casale*.

ceaus (pr. et adj. dém. masc. plur.), 38, etc., «ceux»; 67, etc., «ces»; cf. *cyaus*, *zeaus* 2.

celestial, 43, 58, *celestiales* (fém. plur.), 44, 59;

celestiau (masc. sing.), *celestiaus* (masc. plur.), 38 (fém. plur.), 65, «céleste».

**celestiaument*, 54, «par faveur céleste». Godefroy donne les formes voisines *celestielment*, *celestiement*.

celle, *celles*, 38, etc., «cette, ces».

cestui, 38, «ce, cet»; 39, etc., «celui-ci».

chaitif, 64, etc., «misérable, chétif».

chaitiveté, 54, *chaitivité*, 54, etc., «malheur, calamité».

chalemeler, 71, «jouer du chalumeau».

chalemiau, 71, «chalumeau».

char, 60, etc., «chair».

chose, dans la loc. conj. *† *come soit* (ou *set*) *chose que*, 35, 36, 45 *bis*, 50, 73, «attendu que»; cf. l'ital. *conciossiacosacche*.

communer, 35, «communiquer».

*† *comparation*, 52, «comparaison».

**complexioné*, 42, «doué de telle ou telle complexion».

complir, 40, etc., «accomplir».

compost, 38, etc., «composé».

concorder (*se*), 56, «s'accorder».

contrastant, 63, «opposé».

contremont, 67, «en haut».

† *contrescrire*, 35, «transcrire»; cf. l'ital. *contrascrivere*.

convenant, 44, *covenant*, 60, «convenable»; cf. *covenant*.

* † *corne* (subst. masc.), 58, «corne [de la lune]».

cosent, 39, «consentement».

covenant, 70, «convention».

covient (v. unip.), 35, 47, 62, «il faut».

crois, 64, «creux».

cyaus, 69, «ceux»; cf. *ceaus*, *zeaus* 2.

D

damagier, 38, «endommager, blesser».

dangerose (*faire la*), 64, «faire la difficile».

*† *dardelot*, 79, «petit dard».

decevable, 44, 62, «decevant».

dechasser, 49, «chasser».

decorre, 48, «fondre [en larmes]».

decoyvement, 36, «action de décevoir».

*† *deestablir*, 80, «disjoindre». Godefroy ne donne que *desestablir*.

defaute, 81, *deffaute*, 39, «défaillance».

*† *deffuyable*, 23, 78, «fugace».

degaber, 67, «moquer, confondre».

delit, 61, «plaisir».

delitable, 69, «delectable».

demener, 47, 55, «mener».

demescher, 61, «apprivoiser».

denient, 51, «refusant».

departable, 57, 60, 66, «divisible».

departir, 66, «séparer».

depuis que, 43, «puisque».

derrain, 43, «dernier».

derrompre, fut. *derrompera*, 41, «briser, au fig.».

desatremper, 52, «* dessécher».

descompaigner, 79, «séparer».

*† *desconvenience*, 37, «disconvenance».

descorrablé, 78, «qui coule».

descorre, 78, «couler».

deservir, 40, 65, «mériter».

desperer, 69, «désespérer».

despoillor, 39, «dépouilleur».

despozer, 42, «disposer».

desprizer, 75, «mépriser».

desputer, 42, «disputer».

dessevrer, 78, «séparer».

*† *dessigner*, 41, «inscrire».

destruior, 76, «destructeur».

deut. Voir *doloir*.

deviser, 41, «expliquer».

ditié, 40, 44, etc., «poésie».

doloir (*se*), 40 (*deut*), 57, «avoir de la douleur».

doutance, 68, «doute».

duresse, 6, «dureté».

E

eaus, 57, «ils»; *aus*, 58, *eaus*, 69, etc., *iaus*, 58, etc., *yaus*, 59, 78, etc., «eux».

elle, 71, «aile».

embler, 68, «dérober».

embruisement, 48, «attaque violente».

enchasser, 68, *enchausser*, 79, «poursuivre».

encomencement, 65, *encomensement*, 32, «commencement».

encomencier, 66, *encomensier*, 67 «commencer».

endementiers que, 41, «pendant que».

enflamber, 64, «enflammer».

enformer, 66, «informer».

*† *enfremir* (*s'*), 52, «frémir». Godefroy ne donne que la forme intransitive avec un seul exemple.

enfrener, 64, «soumettre au frein».

engendreure, 35, «ce qui est engendré».
engingner, 67, «tromper».
engingnos, 57, «ingénieux».
*† *enpigrir* (*s'*), 45, «devenir paresseux»; cf. l'ital. *impigrire*.
enpor, 59, «pour».
enseller, 64, «seller».
ensement, 45, etc., «aussi».
ens en, 37, «dans».
enserchier, 72, *enserchier*, 43, «examiner».
*† *enserer*, 32, etc., «insérer».
ensi, 34, 45, 50, etc., «ainsi».
ensivre, 46, imparf. subj. *ensuissent*, 40, «suivre».
entendable, 78, «intelligible»; 50, 55, 60, «doué d'intelligence».
ententif, 77, «attentif».
ententivement, 41, 73, «attentivement».
enterinement, 58, «à fond».
**entreconoistre* (*s'*), 72, «se connaître les uns les autres»; cf. Littré.
entrepreter, 38, etc., «interpréter».
erreure, 67, «parcours».
eschiver, 46, «éviter, fuir».
esjoir (*s'*), «se réjouir».
esmayer, 40; voir la note.
esmovement, 72, 73, «action de se mouvoir».
espere, 38, «sphère».
espondre, 31, *expondre*, 78, 80, «exposer, expliquer»; cf. *exponer*.
† *esquarrans* (pl.), 55, «brigands». Le mot paraît propre au français parlé en Orient; cf. l'art. ESCARRANT de Godefroy.
*† *estoylous*, 55, «étoilé, où les étoiles brillent».
euils, 71, «yeux»; cf. *zeaus* 1.
exiller, 51, «détruire».
exponer, 31, 35, 39, «exposer, expliquer»; cf. *espondre*.

F

*† *fableresse* (fém.), 71, «fabuleuse».
faille (*sans*), 61, 62, «sans faute, certainement».
felonesse (adj. fém.), 67 (*bis*), «fellonne, impie».
ferir, 69, «frapper».
fermesse, 63, 73, «fermeté». Mot rare, relevé par Godefroy, notamment dans le *Psautier* de Pierre de Paris; cf. l'ital. *fermezza*.
feuc, 48, 55, 57; *fuec*, 41, 48, «feu».
fevre, 37, 38, 41, «forgeron».
**fevrerie*, 47, «métier du forgeron».
fiautre, 71, «feutre».
filet, 61, «petit fil».
flum, *flun*, 80, «fleuve».
† *flumaire*, 58, «torrent»; cf. l'ital. *fiumara*. Aux exemples cités par Godefroy (parmi lesquels l'un vient du *Psautier* de Pierre de Paris) joindre un passage des *Gestes des Chiprois*.
forbanir, 51, «bannir».
forcenerie, 48, «furie [d'Enfer]».
fortunal, 78, «fortuit».
foudrer, 67, «foudroyer»; cf. *anfoudrer*.
fuec. Voir *feuc*.
furiosité, 48, 70, «*furie [d'Enfer]».
fuyable, 73, «variable».

G

† *gambre*, 51 «écrevisse (crustacé et signe du zodiaque)»; cf. l'ital. *gambero*.
gorgiere, 38, «collier».
grandesse, 57, 61, «grandeur».
grant, 43, «grandeur».
grejois, 44, 47, *grejois*, 44, *gresois*, 38, 40, etc., *grezois*, 44, 47, «grec».
greingnor, 60, 65, *greinor*, 77, «plus grand».
grejois, *gresois*, *grezois*. Voir *gregois*.
guyor, 46 71, «guide, chef».

H

*† *harrapor*, 39, «ravisseur»; cf. l'ital. *arrapatore*.
hautesse, 73, «hauteur»; 81, «altesse».
henemiable, 55, «nuisible».
henemistié, 58, «inimitié».
henor, 43, *hennor*, 55, «honneur».
henorable, 41, «honorable».
henorement, 48, «honorablement».
hennor. Voir *henor*.
*† *hoistre*. Voir *austre*.

I

iaus. Voir *eaus*.
ice, 37, «cela».
igaument, 61, *ygaument*, 36, 59, «également».
ileuques, 59, *illeuc*, 51, *illeuques*, 40, etc., «là».
issir, 36, 42, ind. pr. *ist*, 46, «sortir».
itel, 79, *ytel*, 43, «tel».

J

ja soit ice que, 37, *ja soit ce que*, 41, *ja soit que*, 43, «quoique».

L

laissus, 66, «là-haut».
lerme, 48, 54, etc., «larme».
letreure, 41, «littérature».
leuc, 10, 11, etc., *lieuc*, 10, 50, etc., «lieu».

1. *li* (pr. pers.), 39, etc., «lui».
2. **li* (adv.), 51, «y».
ligerement, 57, «facilement».
lins, 64, *linz*, 63, «lynx, loup cervier».
litargie, 46, «léthargie».
luxurier, 47, «se livrer à la luxure».
lyance, 58, 59, «alliance».
lyé, 64, «joyeux».

M

*† *mabahir* (conj.), 48, «plût à Dieu que». Semble une faute du scribe pour *maquari* (voir ci-dessous).
mains, 36, «moins».
malement (adv.), 43, «mal».
maleuré, 62, «malheureux».
*† *maquari* (conj.), 56, 72, «plût à Dieu que»; cf. l'ital. *magari*, qui a le même sens, et voir ci-dessus *mabahir*.
marturier, 49, «martyriser».
mas, 42, «mais».
*† *massarye*, *masserie*, 55, «mobilier»; cf. l'ital. *masseria*.
*† *maunier*, 49, «violer [la justice]».
mauvaistié, 39, «méchanceté».
meaus, 31, 39, etc., «mieux».
megerie, 43, «médecine».
mehlement, 69, «mélange».
menor, 47, «moins âgé».
mere, 56, «matrice».
mestier, 39, «besoin».
miege, 43, 44, «médecin».
molt, 45, etc., *mot*, 44, «beaucoup».
mot. Voir *molt*.
moti, 57, «fixé d'avance».
movable. Voir *neent*.
moveor, 40, «moteur».
mue (fém.), 60, 64, «non douée de la parole».
mucier, 64, «cacher».
muire, 57, *muyre*, 77, subj. pr. de *mourir*.

N

naive, 75, *nave*, 79, «navire».
narille, 81, «narine».
nave. Voir *naive*.
navie, 72, *navige*, 74, «flotte».
naysement, 35, «naissance».
neent, 33, etc., *nient*, 60, etc., *nen*, 67, «néant». Sert surtout à former des noms composés : *n.-debonaire*, 74, «implacable»; *n.-deliable*, 41, «indissoluble»; *n.-discret*, 54, «indiscret»; *n.-feni*, 73, «infini»; *n.-ferme*, 37, «instable»; *n.-mortel*, 41, «immortel»; *n.-movable*, 80, «immuable»; *n.-pensé*, 79, «inopiné»; *n.-solable*, 74, «insatiable»; *n.-stable*, *n.-estable*, 37, «instable»; *n.-vencu*, 38, «invincible».
neer, 35, «nier».
1. *nen*, 37, 42, 67, «ne».
2. *nen*. Voir *neent*.
nible, 54, 55, «nuage».
*† *nimbosé*, 46, «chargé de nues».
non-sachant, 36, «ignorant».
*† *Non-Tens*, 36, 37, «période antérieure à la création».
**nul*, employé sans être suivi de la négation *ne*, 35, 37, 58, 72.
nulli, 57, *nulluy*, 64, «personne (avec négation)».

O

1. *o* (conj.), 72, etc., «ou».
2. *o* (prép.), 36, etc., «avec».
object (subst.), 80, «objet».
*† *objecte* (adj. fém.), 80, «qui s'offre aux sens».
obliance, 46, «oubli».
ocior, 70, «meurtrier».
*† *oistre*. Voir *austre*.
olyphant, 63, «éléphant».
ordenement, 45, «ordonnance».
ordener, 41, 50, «ordonner, régler».
ordination, 73, «ordonnance».
orendreit, 50, *orendroit*, 38, etc. «maintenant».
ouci, 41, «aussi».
ovec, 36, etc., «avec».
oysoceté, 43, «oisiveté».
oytre, 80, «huître».

P

pacientement, 40, «patiemment».
paiz, 62, «pays».
*† *palefier*, 39, «divulguer»; cf. l'ital. *palesare*.
paor, 62, etc., *paour*, 39, *peor*, 71, «peur».
paorous, 48, «peureux».
papegay, 61, «perroquet».
pardurable, 81, «éternel».
*† *pas*, 55, «paix»; cf. l'ital. *pace*.
*† *pateline*, 80, «patelle (mollusque)».
penance, 68, 69, «pénitence».
peoir, 72, *pooir*, 55, *poer*, 39, 72, prét. ind. *post*, 40, 62, etc., imp. subj. *poist*, 48, «pouvoir» (verbe).
peor. Voir *paor*.
peressous, 45, «paresseux».
pesantume, 58, «pesanteur».
pesanture, 63, «pesanteur».
pis, 78, «poitrine».
planesse, 54, «surface plane [de la mer]».
planeure, 45, «surface plane [de la mer]».
plorable, 40, 41, «lamentable».
pluos, 59, «pluvieux».
*† *podee*, 44, «bord inférieur». Mot inconnu; peut-être faute de scribe.
poer, *pooir*. Voir *peoir*.
poist. Voir *peoir*.
porsivre, 34, part. passé *porseu*,

82, prét. ind. *porsuymes*, 31, «poursuivre».
porvoyable, 61, «prévoyant».
post. Voir *peoir*.
poverte, 55, «pauvreté».
poy, 54, «peu».
prepos, 79, «propos».
prime vere, *prin tens*, 46, «printemps»; cf. *vere*.
procès, 39, «procédé»; 61, «cours».
prospre, 58, «prospère».
pullentie, 63, «puanteur».
*† *purfié*, 65, «purifié».
*† *purpurain*, 51, «de couleur pourpre».
purté, 72, 73, «pureté, simplicité».
puterelle, 44, «courtisane».

Q

quainses (à) *que*, 40, etc., *ad quainses que*, 41, *queinses que*, 48, «comme si».
querre, 70, «quérir».

R

raconser, 50, «se coucher, en parlant du soleil»; cf. *reconsement*, *rescondre*.
racontement, 58, «récit».
rancure, 69, «querelle».
ravissable, 63, «ravisseur».
reconsement, 50, «coucher [du soleil]».
reconter, 64, «raconter».
recorder, 66, «se souvenir».
*† *reflambissant*, 45, «flamboyant».
regehir, 35, 36, etc., «avouer».
*† *remuableté*, 63, «instabilité».
remuement, 73, «changement».
*† *repetaser*, 40, «rapetasser».
repost, 78, «caché».
rescondre (*se*), 45, «se coucher, en parlant du soleil»; cf. *reconcondre*.
resemblable, 79, «semblable».
resplendissable, 63, 71, «resplendissant».
ressazier, 75, «rassasier».
resteindre, 59, «éteindre».
retournee, 45, «retour».
roie, 51, «raie, sillon».
*† *rosein*, 46, † *rozein*, 45, «rosé».

S

* *saper*, 78, «saper, piocher»; cf. l'ital. *zappare*.
sauve, 65, 72, «sauf».
saval, 66, «ici-bas».
sayete, 74, *sayette*, 76, «flèche».
se, conj. employée concurremment avec *si*, 35, etc. Noter la construction avec le futur et le condit., dans : *se mestier sera*, 39; *se aucun vodra*, 51; *se aucun vodroit*, 64, comme un usage italien; cf. *si* 2.
† *seailles* (fém. plur.), 51, «moissons». Godefroy a un seul exemple, tiré des *Assises de Jérusalem*.
seignorier, 56, 61, «dominer».
seir, 61, «asseoir».
sercher, 52, «chercher».
seri, 64, «doux, en parlant de la voix».
† *serve*, † *serves*, impér. sing. de *servir*, 49.
*† *serviciale*, 54, 55, «servante».
seulent, *seut*. Voir *soloir*.
1. *si*, adv. servant à lier les propositions, 34, 35, etc.
2. *si*, conj. employée concurremment avec *se*, 35, etc. Noter la construction avec le conditionnel, dans *si aucun vodroit*, 42, comme un usage italien.
soeveté, 80, «douceur».
* *sofflement*, 52, «souffle»; cf. Littré.
solable. Voir *neent*.
soloir, 40, etc., ind. pr. *seut*, 44; 61, *seulent*, 44, «avoir coutume».
*† *soulc*, † *sulc*, 51, «raie, sillon»; cf. l'ital. *solco*.
soutil, 42, etc., «subtil».
soventes foys, 62, «souvent».

T

*† *tailleure*, 41, «coupe [d'une robe]».
talent, 69, «désir».
teiseblement, 41, «silencieusement».
tenve, 41, «ténu».
tés, 63, «tels».
tolir, 75, *tollir*, 68, «prendre».
1. *tor*, 39, «taureau».
2. *tor*, 66, «tour» [s. fém.].
*† *torbation*, 66, «trouble».
trabuchier, 67, «faire trébucher, renverser».
traire, 39, etc., imp. ind. *trahoit*, 76, «tirer».
translat, 34, «traduction».
trayr, 53, «trahir».
treble, 74, «triple».
trebuchable, 44, «formant précipice».
trespasser, 59, «dépasser».
tressaillir, condit. *tressaudriens*, 51, «sortir [du sujet]».
triper, 69, «danser».

V

vague, 78, «vagabond».
veaut, 37, *viaut*, 38, 40, etc., 3ᵉ pers. sing. ind. pr. de *vouloir*.
* *vere*, 63, «printemps»; cf. *prime vere*, 46.
vergoingnos, 64, «honteux».
vergongner (*se*), 41, «avoir honte».
*† *veste*, ind. pr. de *vestir*, 42.

viaire, 41, «visage».
viaut. Voir *veaut*.
voillant, 67, part. pr. de *vouloir*.
*†*volés*, 55, 77, 2e p. plur. ind. pr. de *vouloir*, employée comme conj. au sens de «ou»; cf. l'ital. *vuoi*,
vosissent, 67, *vosist*, 56, 62, 72, imp. subj. de *vouloir*.
vost, 47, etc., prét. ind. de *vouloir*.
vuit, plur. masc. *vuis*, 43, «vide».

Y

yaus. Voir *eaus*.
ygal, 63, etc., «égal».
ygaument. Voir *igaument*.
ysnel, 63, «vite, rapide».
ysneleté, 63, *ynelté*, 61, «vitesse, rapidité».

Z

1.*† *zeaus* (pl.), 41, †*ziaus*, 41, 49, 55, «yeux»; pluriel concurrent *euils*, 71. La forme *ziaus*, due à l'agglutination du *s* de l'art. plur., est constante dans les *Gestes des Chiprois*.
2.*† *zeaus*, 43, «ceux»; cf. *ceaus*, *cyaus*.
ziaus. Voir *zeaus* 1.

www.ingramcontent.com/pod-product-compliance
Ingram Content Group UK Ltd.
Pitfield, Milton Keynes, MK11 3LW, UK
UKHW021149220726
13924UKWH00003B/1078